KB057142

아재니까 아프다

초판 1쇄 발행 | 2020년 11월 9일

지은이 A저씨
발행인 한명선
편집인 김화영

편집 나은심 **마케팅** 배성진 **관리** 이영혜
디자인 모리스 **일러스트** 미스터 머스타드

주소 서울시 종로구 평창길 329(우편번호 03003)
문의전화 02-394-1037(편집) 02-394-1047(마케팅)
팩스 02-394-1029
전자우편 offcourse_book@daum.net
인스타그램 instagram.com/offcourse_book

발행처 (주)새움출판사
출판등록 1998년 8월 28일(제10-1633호)

ⓒA저씨, 2020
ISBN 979-11-90473-45-3 03810

아재니까 아프다

A저씨 에세이

프롤로그

아프니까 청춘?
아니, 아재니까
아프다

지난해 가을 무렵의 일이다. 예기치 않게 찾아온 중년 남성의 위기를 극복하기 위해 비뇨기과를 다니며 온갖 검사를 받고 있었다. 그중 배뇨양상 기능검사를 받고 보니 마음이 꽤 심란하여 노트 한 페이지 정도의 짧은 글을 일기장에 기록한 일이 있었다. 퇴근한 아내가 검사를 잘 받았냐고 물어보기에 그날 적어두었던 일기를 소리 내어 읽어주었다.

"배뇨의 시간과 배뇨량을 정확히 측정해서 기록하고 있자니 마치 내 몸이 중요한 실험장비의 일부가 된 것 같은 착각을 불러일으켰다. 동시에 스스로가 그 실험의 감독관으로서 중요한 과학 실험을 수행하고 있는 듯했다.

측정용 컵에 측정 대상이 되는 액체를 담을 때, (물론 중요한 실험

장비의 한 부분인 내 몸에서, 그것도 특정 배출구를 통해서 따라낸 것이지만), 그리고 측정을 마친 후 한 방울이라도 밖으로 튈까 조심히 변기에 비워낸 다음, 물로 깨끗이 컵을 씻고 있을 때 순간순간 드는 자괴감은 일종의 양념이요, 스멀스멀 올라오는 암모니아 냄새는 이 낯선 현실을 보다 적나라하게 만드는 일종의 각성제와도 같았지만 말이다……."

나의 감상문을 다 듣고 난 아내는 그야말로 빵 터져서 한참을 웃어댔다. 미안하다고. 아파서 검사받는 이야기인 건 알겠는데 너무 '웃픈' 이야기라서 웃지 않을 수 없었다는 말을 덧붙이면서 말이다. 더 읽어 달라길래 살을 붙여서 아예 한 편의 짧은 글을 써보았다. 그 글을 보고 즐거워하던 아내가 다음 편을 은근히 기대하고 있길래 내친김에 전립선 검사를 받았던 이야기를 썼더니 지난번 글보다 더 재미있다면서 아예 '아재가 쓰는 에세이'를 한번 내보라는 것이었다.

그 이야기를 들은 나의 첫 반응은 회의적이었다. 이런 별것 아닌 경험들이 무슨 이야기가 될까 싶었기 때문이었다. 게다가 20~30대 여성들이 주요 소비층인 에세이 분야에서 내 글이 비집고 들어갈 틈이 있을까 의심스러운 판에 40대 중반의 이름도 모를 어느 아재의 이야기를 구태여 누가 찾아 읽을까 싶은 생각도 들었다. 이런 내 반응에 그녀는 '이 시대의 화두가 공감과 소통이라면 40대 아재들을 위한 이런 에세이도 얼마든지 나올 수 있는 것 아니냐'며 나를 설득했다.

아내의 설득에, 아니 사실은 그녀가 하도 좋아하길래 시작한 이 글이 책 한 권이 될 정도로 술술 써질 줄은 나도 몰랐다. 40세를 넘긴 직후부터 멀쩡하던 몸이 여기저기 조금씩 고장나는 곳이 늘어갔고, 병원을 찾을 일도, 그만큼 할 이야기도 많았기에 그랬던 모양이다. 역시나 40대는 정점에 달했던 신체의 활력과 기능이 조금씩 쇠퇴하는 조짐을 보이기 시작하는, 육체의 가을과도 같은 시기인 듯하다. 그뿐이랴, 치솟는 집값에 대출금 갚으랴, 자녀 학비 걱정하랴, 일터에서 생겨나는 위기 속에 살아남으랴, 더욱더 자신을 돌보는 데 소홀해질 수밖에 없는 나이이기도 하다. 하지만 그에 비해 사회적인 인식은 이들에게 그다지 호의적이지 않아 조금은 서글픈 마음도 든다. '아재', 'GD(꼰대)' 등등 이들을 포괄하는 어휘들의 어감은 조롱과 멸시 쪽에 좀더 치우친 것 같으니 말이다.

하지만, 이 고단한 세상, 실상은 아재들도 노력하고 있다는 이야기를 하고 싶었다.

중년이 되어 맞게 된 위기, 차마 말하기 힘든 아재들의 고민을 함께 나누고 싶었다. 비록 보다 많은 주제에 관해 다루지 못하고, 건강이라는 한정된 주제에 관한 이야기를 주로 하고 있지만, 내 나이대 혹은 그 이상의 남성이라면 상당수가 이미 겪고 있는 일일 것이며, 아직 젊은 남성이라면 아마도 앞으로 겪게 될 이야기이다. 또한 여성들의 입장에서는 남자친구 혹은 남편이 이미 겪고 있거나 앞으로 겪게 될 수도 있는 이야기이니 어쩌면 그들을 좀더 깊이 이해할 수 있는 계기가 될 수 있지 않을까 싶은 생각도 든다.

당부하고 싶은 점은 첫째, 이것은 어디까지나 의사가 아닌 환자 개인의 입장에서 느낀 의견 혹은 감상일 뿐이므로 의학적 관점에서 본다면 사실과 어긋난 부분이 있을 수 있다는 점을 염두에 두었으면 한다. 따라서 건강에 관한 의학적 의견이 필요한 경우 의사와 상담하시기를 권한다. 둘째, 본 글은 의료진들을 희화화할 의도가 전혀 없음을 알아주셨으면 한다. 오히려 딱딱하고 무서운 (?) 병원에 대한 이미지를 가지고 계신 분들이 있다면 조금이라도 친근하게 바뀌기를 바라는 마음이 더 크다. 여기저기 아프니 병원 갈 일이 더 많기 때문이다. 그런 의미에서 소위 '자폭 개그'라고 불러도 좋을 만큼 이 한 몸 불살라 온갖 수위 높고 원초적인 이야기를 노골적으로 풀어냈다. 그러다 보니 도저히 실명을 쓸 엄두가 나지 않아 필명으로 대체하였으니 너그러이 보아주시기를 부탁드린다.

끝으로 작은 소망이 있다면, 이 글이 '대한비뇨의학회'의 필독서가 되어 많은 비뇨기과 의사 선생님들이 한 번쯤 읽어주신다면 정말 기쁠 것 같다. 환자 입장에서, 진료실에 마주 앉아 직접 말하기는 상당히 부끄러웠던, 불편한 점을 의사 선생님들이 이해해주신다면 조금은 더 환자의 불편을 줄일 수 있지 않을까 싶은 마음이다.

마지막으로 이 글을 쓰는 데 물심양면 큰 도움을 준 사랑하는 아내에게 고마움을 전하고 싶다.

하늘이 맑은 어느 가을날에,

A저씨

머리카락을 사수하라!
예비 탈모
아저씨의 늦장가

40세. 그해가 2016년이었으니 한국식 나이로 정확히 40세였다. 그해 5월 나는 결혼을 했고, 결혼식장에 입장하는 순간 내 인생의 단기 목표는 성공한 셈이었다.

그렇다. 아직 머리카락이 남아 있었던 것이다. 메이크업 업체에서 머리 모양을 예쁘게 만질 수 있을 만큼의 필요충분량이. 물론 머리숱이 적은 신랑의 경우 부분가발 등을 활용해서 풍성하게 만들어주는 마법 같은 기술이 있긴 하다. 하지만 가능하면 내 머리카락을 지닌 채로 신랑 입장을 하고 싶었다.

물론 여기서 말하는 필요충분량이라는 건 부분가발이나 붙임머리 없이 오직 내 머리카락만을 가지고 '신랑 머리'를 만들어낼 수 있는 최소량, 정말 문자 그대로의 최소량을 의미한다.

"제가 이 일을 시작한 이래로 신부님보다 신랑님의 머리를 만지는 데 더 긴 시간을 들였던 건 이번이 처음이네요."

결혼식 당일 우리 커플의 '헤어'를 담당했던 디자이너 선생님은 다량의 헤어스프레이를 소모해가며 그렇잖아도 숱이 얼마 없어 납작한 내 머리카락에 한 땀 한 땀 볼륨을 쌓아갔다. 그렇게 긴 시간 공들여서 만들어낸 머리 모양은 하나의 작은 기적이었다. 헤어 분야의 최고봉이라 불러도 좋을 '웨딩' 업계, 그것도 소위 '메카'인 강남에서 다년간 버텨낸 자만이 가질 수 있는 최고의 내공이라 할 만했다. 무림고수의 모든 초식招式이 단장을 마친 내 머리 안에 집약되어 있었다.

"깜짝 놀랐어. 오빠 머리도 그렇게 될 수 있구나. 완전 연예인 인데!"

호들갑 넘치는 아내의 감탄은 헤어 디자이너에게 보내는 최고의 찬사였다. 헤어 디자이너는 아내의 반응에 옅은 미소로 화답했다. 하지만 그 미소는 기쁜 듯하면서도 꼭 기쁜 것 같지만은 않은 복잡한 미소였다. 공력의 소모가 너무 심했던 걸까. 돌아서는 그 표정이 어딘가 모르게 지친 기색이 역력해 보였고, 갑자기 살짝 늙은 것 같기까지 했다. 나 역시 마냥 기쁘기만 한 것도 아닌 좀 복잡한 심정이었다. 그 머리는 오직 그날 하루만 할 수 있었던 특별한 머리였으니까 말이다.

탈모, 그것은 내게 운명처럼 찾아오게 되어 있었다. 유전자의 힘은 위대하니까. 내가 다른 이들보다 좀더 조짐(?)이 보인다는 사실을 처음으로 자각한 것은 대학생 때였다. 어느 날 바람을 정면으로 맞아 머릿결을 휘날리며 걸어오는 나를 본 한 선배가 '너 이마가 왜 그렇게 훵하냐?'라고 짧은 평을 했던 것이다. 그 선배의 입장에서야 있는 그대로의 사실을 웃으며 말해줬을 뿐인데, 그날 이후로 나의 탈모에 대해 자각하게 되었다.

거울을 통해 다시 본 내 이마는 확실히 남들보다 넓었고, 머리카락은 가늘어서 힘이 없었다. 30대가 되던 무렵, 할아버지와 삼촌들이 함께 찍혀 있는 가족사진을 본 것은 일종의 확인 사살과도 같았다. 삼촌들 한 분 한 분을 따로 볼 때는 잘 몰랐는데, 그분들이 한데 모여 찍은 사진을 보니 그 안에는 핏줄을 타고 내려온 빛나는 무언가가 있었다. 그날부터였다. 피할 수 없는 운명을 체

17

넘하고 받아들인 것은. 그전엔 '나는 아닐 거야, 설마 나만은 아닐 거야'라며 애써 부정해왔지만, 눈앞에 놓인 부계 친척들의 사진이야말로 결코 부정할 수 없는 강력한 증거였다. 결국 그동안의 현실 부정은 부질없는 몸부림에 지나지 않았던 것이다. 그래서 이 문제의 대응 전략을 바꾸기로 했다. 어차피 운명이라면 최대한 그 날을 늦추는 것을 장기 목표로 삼았고, 무엇보다 결혼식 날까지는 머리카락을 반드시 지켜내고야 말겠다는 단기 목표를 세웠다.

지금의 아내와 연애하던 어느 날, 그녀가 진지하게 물었다.

"오빠는 왜 그렇게 앞가르마만 해?"

아, 누군 이 머리, 하고 싶어서 하는 줄 아나. '남자는 머릿빨'이라는 단순한 진리를 나 역시 잘 알고 있다. 하지만 다른 스타일을 하고 싶어도 못 한다는 사실을 긴 시간 공들여서 설명해야만 했다. 나처럼 숱이 적고 이마는 넓은 사람이 최대한 결점을 감추며 할 수 있는 머리 모양은 매우 한정적이라는 사실과 왁스나 젤, 스프레이 등의 헤어 스타일링 제품의 사용은 두피 건강과 탈모 예방을 위해서 최대한 자제하고 있다는 사실을 나열했다. 혹시나 남친이 대머리가 될지도 모른다는 두려움에 흔들리는 그녀의 눈동자는 애써 외면했다.

"나는 있잖아, 이렇게 보잘것없는 머리카락이나마 내게 남아 있는 것만으로도 감지덕지야."

파마는 꿈도 꾸지 않았다. 그 독한 파마약이 두피와 가늘디가 느는 머리카락에 닿는 것은 있어선 안 될 일이었다. 흰머리가 많아지고 있음에도 염색은 전혀 고려하지 않았다. 행여 친한 사람이 내 머리에서 새치를 발견하고 뽑아주겠다고 하면 절대로 뽑지 못하게 했다. 그가 뽑으려는 그 한 가닥, 한 가닥이 나에겐 목숨만큼 절실하단 말이다!

일단 '결혼식까지 버티기'를 목표로 잡아놓긴 했는데, 그렇다고 결혼 날짜가 잡혀 있어서 D-Day 달력을 넘겨가며 버텨낼 수 있었느냐 하면 그건 또 아니다. 지금의 아내와 그냥 여자 사람 친구로 알고 지내기 시작한 날로부터 결혼하기까지 무려 10년이 걸렸다. 오래 만나긴 했지만 결혼을 해야겠다는 계획 없이도 서로 만족하며 잘 지냈기 때문이다. 결국 나의 그 단기 목표는 정해진 날짜조차 없는, 그야말로 기약 없는 목표였던 것이다.

반면 나의 머리카락은 마냥 나를 기다려주지 않았다. 30대 중반을 넘기자 머리카락이 점점 더 빠지기 시작했다. 머리카락은 있을 때 잘 지켜야 한다며 어머니는 병원 상담을 받아보라 권했다. 언젠가부터 방 청소를 할 때마다 바닥에서 발견되는 머리카락 양이 많아져 신경 쓰였는데, 그에 비례해서 아들의 앞머리가 비어 보이는 것 같아 아무래도 더는 안 되겠다 싶으셨던 모양이었다. 때로는 나보다 주변 사람들이 내 변화에 더 민감할 수 있지 않은

가. '시작되고 만 것인가'라는 두려움에 심장이 덜컥 내려앉는 기분이었다.

결국 탈모 예방을 위해 병원을 찾았다. 그 시절 내가 살던 동네는 수도권이지만 꽤나 외진 지역이라 의료시설이 많지 않았다. 그런 동네에 병원을 열어 거의 15년 넘게 한 자리에서 온 동네 환자를 돌보는 만능 병원이 있다. 우리 가족은 그곳 원장님을 '우리 동네 허준'이라 칭했다. 별명처럼 그는 온갖 것을 다 진료했다. 원래 정형외과 전문의인데 감기, 배탈부터 시작해서 고혈압, 당뇨, 상처 봉합 등의 내외과 질환들, 거기에 맹장수술을 직접 집도하기도 하고, 병원 한쪽에 입원실을 두어 입원 환자를 받기도 했으며, 피지종 제거나 사마귀 제거를 위한 레이저 수술도 하고, 심지어는 건강검진 때 수면 내시경까지 직접 봤다. 이 이야길 듣고 아내는 '혹시 돌팔이 아니냐'고까지 할 정도였다. 하지만 그 동네 환자들은 한 병원에서 온갖 진료를 받을 수 있는 원포인트 진료에 만족했고, 심지어 치료 경과까지 좋아서 딱히 불만이 없어 보였다. 우리 가족도 문제가 생기면 그곳부터 찾았다. 탈모 문제라면? 변함없이 그곳부터 찾는 것이 도리였다.

우리 동네 허준은 내 이마를 요리조리 헤집어 보시고는 먹는 약(피나스테리드)을 처방해주셨다. 현재 FDA에서 승인된 탈모약 두 개 중 하나라고 하며, 아직까지는 다른 하나인 바르는 약, 미녹

시딜을 써야 할 단계는 아니라는 평을 하셨다. 일단 두 달치의 프로페시아를 처방하시면서 부작용에 관한 이야기도 덧붙이셨다.

"사람들이 부작용에 관해서 걱정을 많이 하는데 걱정할 필요가 전혀 없습니다."

부작용이라니. 일단 탈모 예방을 위해 약을 먹기는 먹지만, 꽤나 신경이 쓰일 수밖에 없었다. 그 부작용의 증상 자체가 남자라면 신경이 쓰일 수밖에 없는 종류의 것(ㅋ)이었기 때문이다. 약을 받자마자 복약 지시서를 꼼꼼히 읽어 내려갔다. 원장 선생님이 걱정할 것 없다고 했으나, 어느 정도길래 그런 것인지, 실제로 그렇게 받아들여도 되는 것인지는 일단 확인해둘 필요가 있었다.

성욕 감퇴 1.8%, 발기부전 1.3%가 보고되어 있으나 위약군에서도 성욕 감퇴 1.3%, 발기부전 0.7%가 보고되었다는 항목을 확인할 수 있었다. 읽고 보니 정말로 안심해도 될 정도라는 데 공감했다. 통계적으로는 유의미한 차이라고 말할 수 있으나 위약군에서도 일정 비율 발생한 데다, 절대적 수치인 1%대의 발생 비율이라면 정말로 걱정하지 않아도 좋을 수치였다. 머리카락을 지킬 수 있다는데 그 정도의 위험 부담이라면 얼마든지 감수할 수 있는 것 아닐까. 게다가 문제가 생겼을 때는 복용을 중단하면 얼마든지 되돌아올 것이다.

호르몬 작용제이니 여자 가족이 손댈 가능성이 없는 내 방 구석에 고이 모셔놓고 하루 한 알씩 꾸준히 먹었다. 우선 몇 달간 복용한 결과, 부작용은 전혀 나타나지 않았다. 나의 성기능은 복용 전과 전혀 차이를 느낄 수 없이 여전히 왕성했던 것이다. 머리숱 역시 복용 전후를 비교해보면 변함없는 딱 그대로의 상태였다. 머리털이 나게 만드는 약이 아니라 탈모의 진행을 늦추는 약이니 일단은 약효가 있다고 받아들여도 무방하지 않을까. 의학적으로 효과가 있다고 증명이 되었다고 하니, 이 약 덕분에 머리카락이 남아 있는 것이라고 믿고 그저 꾸준히 먹는 수밖에.

하지만 그 '꾸준히 먹는다는 것'은 쉬운 일이 아니었다. 약을 복용한 지 3년이 넘어가자 '이게 정말 효과가 있긴 있는 걸까?' 싶은 의심이 들기 시작했다. 왜 그런 기분 있지 않은가. 모든 것이 먹기 전과 전혀 다름이 없으니, 혹시 어쩌면 약을 먹지 않아도 이 상태로 유지할 수 있었던 건 아닐까 싶은 의혹 말이다. 물론 그것은 약을 먹는 기간이 너무 길어 지루한데, 언제까지 먹어야 할지 알 수가 없다는 막막함 때문이었을지도 모른다. 그저 머리카락이 내게 남아 있어만 준다면, 평생인들 못 먹을까 싶지만, 그것은 초심이었을 뿐, 약효에 대한 기대감은 점점 흐려지고 있었다.

머리카락을 지키는 방법 대신 결혼식을 앞당기는 방법도 있긴 있었다. 하지만 이것 역시 현실적으로 쉬운 해법은 아니었다. 그당시 나는 가진 것도 없고, 모아놓은 것도 없고, (아무것도 가진 것은 없어도 그 와중에 비싼 탈모약은 사 먹고 있었다.) 그달 그달 겨우겨우 연명하는 정도로 삶을 견디고 있었다. 그렇다고 집안에서 결혼 밑천을 보태줄 수 있는 상황도 아니었으니 내게 결혼은 언감생심 엄두조차 낼 수 없는 사치였다. 당시 여자친구였던 지금의 아내 역시 내 상황을 잘 알기에, 굳이 결혼하자는 이야기를 꺼내지 않았다. 우리에게 있어 그 문제는 당장은 어찌 할 방법이 없으니 그냥 멀찍이 보이지 않는 곳으로 미뤄둔 숙제 같은 느낌이었다.

하지만 우리가 운명적으로 결혼할 때가 되었기 때문일까. 어느 순간 마법처럼 결혼할 수 있는 순간이 찾아왔다. 말은 이렇지만 여기엔 여자친구의 공이 크다. 남자친구의 불안정한 삶을 지켜보던 그녀는 좀더 안정적인 직종으로 직업을 바꿨고, 그 과정에서 전혀 생각하지도 않았던 순간에 터무니없이 좋은 가격으로 집을 임대할 수 있는 기회가 생겼다. 새로 지어 화려하고 으리으리한 집은 아니었고, 오래되고 낡아 손볼 데가 한둘이 아닌 그런 집이지만 둘이 함께 새 출발을 하기에는 부족함이 없었다. 소중한 보금자리이자 디딤돌 같은 집이었다. 10년의 연애 기간 중 9년 6개월을 '우린 아마 결혼 못하겠지'라고 생각하며 살다가 겨우 6개월 만에 상황이 급변해서 우리는 결혼을 할 수 있었다. 마치 세상이 '이제는 결혼해서 같이 살거라'라고 말하는 것처럼, 세상이 나에게 '네 머리카락을 가진 채 신랑 입장하는 것을 허하노라'라고 말해준 것과 같았다.

결혼한 지 1년쯤 지났을 때, 문득 나도 모르게 약 먹는 것을 까

맣게 잊고 있었다는 사실을 발견했다. 어떻게 잊어버릴 수 있었을까. 이유는 잘 모르겠다. 그렇게나 절실했는데 말이다. 다만 결혼 골인이라는 단기 목표를 이루고 나서는 긴장감이 확 떨어졌기 때문이 아닐까 추측해볼 따름이다. 의도한 건 아니었지만 이왕 그리 된 거 아예 그때부터 복용을 중단해버렸다.

약을 끊은 지 약 3년이 지난 지금, 나의 머리카락은 여전히 결혼하던 그때 그대로이다. 약을 먹든, 먹지 않든 여전히, 위태롭지만 그럭저럭 남아는 있는 상태를 지금도 유지하고 있다. 이 대목까지 읽으면 전국에서 탈모로 고생하는 분들이 내 멱살을 틀어쥐고 싶은 마음이 들지도 모르겠다. 심각하지도 않으면서 뭘 그리 호들갑을 떨었느냐 물으면서 말이다. 하지만 내 가족사진을 보면 나의 운명은 거의 확실하다. 그러니 그건 분명 선제적 조치였다. 일단은…….

결혼 후 아내는 내 머리카락이 그대로인 것에 대해 신기해한다. 가끔 내 머리카락이 화제에 오르면 늘 이야기한다. "결혼하면 얼마 못 가 서서히 빠질 줄 알았는데……." 물론 그녀도 남편의 가혹한 운명에 대해 충분히 인지하고 있다. 하지만 지금 이 상태를 유지하고 있다는 것에 조금은 안도하는 듯한 눈치다.

솔직히 그건 나도 같은 마음이다. 내 머리카락들에게 고맙다. 아직까지 남아 있어주어서.

신장의 돌을 깨다
안 아파야
여행이 되지

결혼 1주년. 우리 부부는 그해 여름휴가로 기념 여행을 떠나기로 했다. 아내는 라벤더 풍경을 실컷 보고 싶다며 일본의 한 여행지를 선택했다. 우리는 봄부터 서둘러 항공권과 숙소 예약을 마치고 여행의 꿈에 부풀어 있었다.

여행이라는 것은 떠나겠다고 마음먹고 계획을 세울 때부터 시작된다. 목적지를 정하고, 가고 싶은 장소를 골라내고, 적합한 동선을 짜고, 각종 예약을 하며 맛집을 조사하는 것. 그 자체가 이미 여행의 일부다. 그 얼마나 설레는 시간인가.

하지만 세상 많은 일이 꼭 계획대로만 되지 않는 법. 전혀 예정에 없던 일이 발생하고 말았다. 여행지를 검색하던 중 현지에 유명한 위스키 증류소가 있다는 사실을 발견하고 여긴 꼭 들러야겠다고 마음먹고 있던 딱 그 순간이었다. 곰돌이가 석청꿀 달린 곳을 그냥 지나칠 수 없듯이 위스키 애호가인 내가 여길 안 가면 대체 어딜 가겠나 싶다가, 여행 계획을 총괄하던 아내는 왜 내게 이 장소를 말하지 않았을까. 남편이 대낮부터 위스키 공장에서 홀짝홀짝 술을 마시는 게 혹시 싫었던 걸까. 아니야, 검색하다가 놓친 거겠지. 이런저런 생각을 하던 중 갑자기 오른쪽 등이 아파 왔다. 출발일로부터 채 보름밖에 남지 않은 시점이었다.

평소에 느낄 수 있는 단순한 통증은 아니었다. 척추를 기준으로 반을 나눈 다음 그 절반의 딱 한가운데보다 약간 바깥쪽, 그러니까 팔꿈치가 있는 높이에서 몸 안쪽으로부터 묵직하게 전해지는 통증이었다. 컴퓨터 화면을 너무 오래 들여다봐서 근육이 뭉친 건가 싶어 몸을 이리저리 움직여보고 스트레칭을 해봤지만 소용없었다. 그때부터 오만 가지 생각이 들기 시작했다. 전에는 한 번도 느껴본 적 없는 종류의 통증이었기에 긴장할 수밖에 없었다. 몸 어딘가가 분명 고장난 것이 틀림없었다. 그것도 반드시 병원 치료를 받아야 할 정도로 말이다. 치료에 긴 시간을 요하는 병이라면 여행 계획이 틀어지게 된다. 그렇다고 이를 무시하고 무작정 비행기를 탈 수도 없는 노릇이었다. 여행 중 현지에서 아프면 그것만큼 곤란한 일도 없으니 말이다.

지금 생각해도 웃긴 것이, 아픈 몸보다 당장 계획을 잡아둔 여행이 먼저 걱정되더라는 거다. 현지에서 아픈 것도 싫지만 여행 계획이 틀어지는 건 더더욱 싫었다. 이미 항공권과 숙박 예약이다 끝났고, 특히 숙박은 환불 불가를 조건으로 한 특가 상품을 예약해두었던 상황이니, 만에 하나 잘못되면 '쌩돈'을 허공으로 날리게 될 판이었다.

사람이 위기감을 느끼면 고도의 집중력이 발휘된다고 했던가. 잘못하면 여행 계획이 틀어질지 모른다는 위기감과 차질 없이 여행을 떠나야 한다는 강한 의지가 나에게 잠재된 능력을 끄집어낸 모양이었다. (만화에서나 보던 '리미터 해제'를 이런 상황에서 쓸 줄이야.) 그때부터 두뇌가 풀가동됐다. 의심되는 질환이 무엇인지 알아내기 위해서 말이다. 끙끙 앓으면서 온 집중력을 끌어모아 증상에 대해 그 어느 때보다 세심한 관찰과 평가를 했다. 그리고 폭풍 검색을 통해 이 통증의 원인을 어렴풋이 짐작할 수 있었다.

다음 날 날이 밝자 바로 비뇨기과를 찾았다. 지난밤 격렬한 고뇌 끝에 내린 결론은 신장결석이었다. 어머니가 지병으로 신장결석을 갖고 있어 몇 년에 한 번씩 병원을 가서서 쇄석술을 받았으니 가족력을 의심할 수 있었고, 아픈 위치 또한 등 뒤 신장이 있는 쪽이었고, 한 번도 겪어보지 못한 통증이니 내가 겪어본 적 없는 질환일 거라는 게 이 결론의 근거였다.

예감은 그대로 맞아떨어졌다. 문진 후에 이어진 초음파검사 결과 결석이 발견되었다. 의사 선생님과 함께 본 초음파 영상에서 약 5mm 정도의 흰색 물체를 두 눈으로 확인했다. 결코 작은 크기는 아니었다.

　의사 선생님은 신장결석은 체외 충격파 쇄석술을 통해 비교적 손쉽게 치료할 수 있고, 시술 시간은 약 20~30분으로 당일 바로 퇴원할 수 있는 간단한 치료이니 안심하라고 하셨다. 이왕 온 김에 오늘 시술까지 받고 가라고 하셨다. 그 말은 내게 큰 위안이 되었다. 물론 체외 충격파 쇄석술이 간단한 시술이라는 것은 어머니를 통해 잘 알고 있었다. 통증의 원인이 그래도 잘 알고 있는 신장결석이었다는 점이 차라리 다행이라는 생각이 들었다. 게다가 원인을 찾아내기 위해 이 병원 저 병원 헤매지 않고 바로 발견했다는 사실 또한 다행스러웠다. 만에 하나 여행 전까지 찾아내지 못했다면 비행기를 타는 전날까지도 발을 동동 구르며 병원을 찾아 다녔거나, 심하면 모든 일정을 취소할 수밖에 없었을 테니까 말이다. 어딘가가 아픈 채로 외국으로 나간다는 것은 도저히 상상할 수 없었다. 아파도 의료보험의 혜택하에서 아파야 하는 법이다.

　대기실에 앉아 시술을 기다리는 동안 상념에 빠져들었다. 발달된 의료기술 덕에 이리 간단히 치료가 가능해졌구나. 새삼 현대 의학에 경의를 표하기도 했다. 검색해보니 1969년 독일에서 충격파가 인체 조직에 미치는 영향을 연구하기 시작했고, 1980년에 충격파를 이용한 쇄석술이 최초로 시행되었으며, 1984년에야 FDA

승인을 받아서 널리 이용되기 시작했다고 한다. 그 이전에는 별수 없이 자연 배출을 유도하거나, 외과적인 수술을 통해 제거하는 방법밖에 없었을 터, 그것도 아니라면 결국 이 작은 돌 하나 때문에 죽을 수도 있었겠구나 싶은 생각까지 하고 보니 새삼 참으로 좋은 시절에 살고 있다는 감탄이 나왔다. 하긴, 전날 인터넷을 검색해서 예상 원인을 찾아내고 대기실에 앉은 채로 충격파 쇄석술의 역사를 공부할 수 있다는 그 사실이 내가 좋은 세월을 살고 있다는 또 다른 방증이었다. 인터넷이 없던 채로 살았던 내 인생의 절반, 그 암흑 속에서 어찌 살았나 싶을 정도다.

내 이름을 부르는 소리가 들려 상념에서 깨어났다. 얌전히 시술대 위에 누운 나에게, 의사 선생님은 따뜻한 미소와 함께 다시 한번 나를 안심시키는 말을 덧붙였다.

"조금 통증이 있을 수도 있는데, 심하진 않을 겁니다. 견딜 만하실 거예요."

그러고는 조정실로 들어가 문을 닫으셨다. 잠깐 숨을 고르며 누워 있는 사이 통증에 대해 설명해준 의사 선생님이 새삼 고마웠다. '거, 선생님 참 친절하시네.'

등 쪽에 단단한 둥근 공 같은 것이 느껴졌다. '아. 아마도 여기에서 충격파가 생성되어 나오나 보다' 생각할 무렵 "딱딱딱딱"하는 소리와 함께 충격이 전해져오기 시작했다.

첫 느낌은 꼭 안마기가 두드리는 것 같았다.

'의사 선생님 말씀대로 정말 견딜 만한데!'라고 마음 편히 누워 있으려고 했지만, 어느 순간부터 심한 통증이 전해져오기 시작했다. 그건 마치 얇은 공책 한 권을 등에 대고 그 위를 망치로 때려대는 느낌과 비슷했다. 아니, 야구 방망이로 등짝을 수백 수천 번 두드려 패는 것 같았다. 안마기 따위와 비교할 바가 아니었다. "딱딱딱딱" 하고 충격파 소리가 날 때마다 망치가 내 등을 "탕탕탕탕" 내려치는 것 같았다.

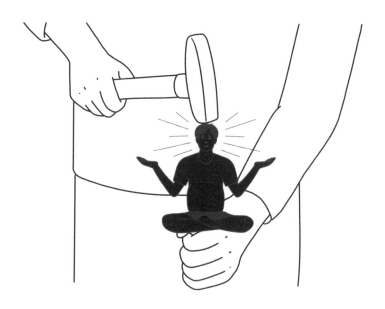

그것은 몸 안쪽까지 울려대는 기묘한 충격이었다. 여기저기 골고루 때려주면 차라리 시원하다는 생각이 들었을지도 모를 일이다. 하지만 충격파의 통증이 가시기도 전에 또 같은 자리에 충격파가 오니 통증이 점점 누적돼 어느 순간부터는 참을 수 있는 한계를 넘어서고 있었다. '딱딱' 소리가 날 때마다 숨이 '턱턱' 막혔다. 통증을 참으려고 이를 악물며 힘을 주다 보니 숨 쉬는 것마저 마음대로 되지 않았다. 충격을 피하려고 나도 모르게 몸을 조금씩 웅크려봤지만 소용없었다. 충격파는 집요하게 같은 자리를 때려대고 있었다.

얼마나 지났을까. 십 분? 이십 분? 딱딱 소리가 계속 이어지면서 영원한 고통의 시간 속으로 빠져드는 기분이 들었다. 그 시간이 너무 아프고 지리멸렬한 나머지 이대로 시간이 멈춘 것 같은 착각 속에 빠졌다. '날 잡아잡슈' 하며 자포자기할 때쯤, 드디어 기계가 멈췄다.

"다 끝났습니다. 이제 내려오셔도 됩니다. 힘드셨을 텐데 잘 참으셨어요."

의사 선생님이 고통의 '끝'을 선언했다.

시간의 상대성을 뼈저리게 체험한 고통의 시간이 드디어 끝났다. '잠깐만, 방금 의사 선생님이 뭐라고 했지? 힘들었을 텐데 잘 참았다고?'

나야 난생처음 받아본 쇄석술이니 잘 모르고 있었을 뿐, 의사 선생님은 사실 이것이 고통스러운 나머지 고통을 체념할 정도로 아픈 시술이라는 것을 이미 알고 있었던 거다. 그렇다면 '견딜 만하실 거'라며 미소를 내게 건넨 건 어차피 시술대에 올라서 누워 있다 보면 알게 될 거, 공연히 미리 말해서 겁먹지 않도록 일종의 배려를 해준 것이었을까.

정신을 차린 후 상식적으로 생각해보니 그렇다. 돌을 잘게 빻아야 하는데 그만한 충격이 결코 만만한 충격일 리가 없었다. 충격은 내 몸을 통과해 저 안쪽의 웅크리고 있는 돌까지 전달돼야 했고, 그것도 돌이 깨질 때까지 계속해서 충격을 주어야 하니 아프지 않을 리가 없지 않겠는가. 뒤늦게야 깨달았다. 내가 아무 생각이 없었다는 것을. 우리는 어린 시절 엄마와 의료진의 공작에 얼마나 자주 속아 넘어갔었던가. 돈가스 사준다며 데려간 곳이 병원 채혈실이었고, 살짝 따끔하다는 엉덩이 주사는 알고 보면 항생제 주사여서 무진장 아팠고, 치과에서는 아프면 손을 들라고 매번 말하지만, 손 든다고 치료를 덜 아프게 했던 적이 어디 한 번이라도 있었던가. 그렇게 수없이 속고도 병원에서 안 아프다는 말을 곧이곧대로 믿은 내가 잘못이다.

진이 다 빠진 상태로 대기실에서 기다리니 처방전이 나왔다. 깨진 파편들이 소변을 통해 쉽게 배출되는 것을 돕는 약을 받았다. 약을 다 먹고 파편들이 완전히 배출되었는지 확인해야 하니

다시 내원해서 초음파검사를 받으라는 당부도 있었다.

집으로 돌아오는 길. 비록 의사 선생님의 친절한 음모에 속긴 했지만 '이 정도면 굉장히 운이 좋았던 건 아닐까'라며 스스로를 위안했다. 그나마 결석이 신장에서 발견되었으니 쇄석술을 받을 수 있었던 것인데, 만약 요관을 타고 내려와서 요로결석이 되었다면? 그랬다면 지난밤에 구급차를 타고 응급실에 가야만 했을 것이다. 통증이 시작되는 순간 바로 지옥을 맛보았을 테니까. 요로결석의 고통은 심한 경우 출산의 고통에 비견되기도 하는데, 마약성 진통제인 모르핀 처방이 가능할 정도로 굉장히 무서운 통증이라고 한다. 그런 무시무시한 고통을 맛보기 전에 내게 여기 돌이 있다며 신호를 보내준 나의 오른쪽 신장이 문득 너무 고마웠다.

며칠간 처방약을 챙겨 먹고 물을 많이 마셨다. 사실 돌이 나왔는지 나로선 알 도리가 없었다. 소변과 함께 모래알 같은 돌 파편이 나오더라도 그걸 알아채는 건 쉽지 않았으리라. 그런데 먹는 약과 관련해서 굉장히 흥미로운 부작용이 생긴 바람에 오히려 돌의 배출 여부는 뒷전이 되어버리고 말았다.
약을 복용하는 동안 아내와 관계를 가졌는데(신혼이니까ㅋ), 절정의 순간에 분명 오르가즘과 사정감이 있었음에도 불구하고 정액이 나오지 않는 희한한 경험을 한 것이었다. 처방약 봉투에 있던 복약 지시서에 전립선에 무슨 작용을 한다고 적혀 있었던 것 같은데, 어쩌면 그게 영향을 준 건 아닐까, 라고 추측할 뿐 정확한 원인과 작용 기전은 잘 모르겠다. (지금은 약 이름조차 기억나지 않는다.) 어쨌든 사정을 하지 않았기 때문인지는 모르겠으나 분명 만족했음에도 불구하고 '현자 타임'이 오질 않았고, 몸도 늘어지지 않아서 그 상태로 몇 번을 다시 달려도 아무런 문제가 없었다. 그렇잖아도 왕성한 상태였는데 거기에 더 왕성해져서 며칠간은 감당이 안 될 정도였다. 그 격렬한 운동(?)을 오래 하다 보니 팔다리가 아파 더 이상 할 수 없을 정도였으니 말이다. 마치 내가 도가 방중술(규방에서 남녀가 성을 영위하는 방법 또는 기술)의 대가가 되어 접이불루(接而不漏, 섹스는 하되 사정은 하지 않음)의 경지에라도 도달한 듯한 착각이 들 지경이었다. (하지만 나는 방중술과 접이불루는 그다지 신뢰하지 않는다.)

며칠 후, 신장 상태를 확인하기 위해 병원을 다시 찾았다. 돌은 말끔히 제거되었다. 의사 선생님을 만난 김에 그간의 재미를 봤던 부작용 사례를 소상히 설명한 뒤, 여쭈어보았다. 그 약에 무슨 성기능 증진 효과가 있는지 말이다. 의사 선생님은 웃으며 그런 효과는 전혀 없고, 아마도 약 먹고 몸 상태가 잠깐 변해서 느끼는 일종의 위약효과였을 거라고 대답했다. 예상한 답변이긴 했지만,

그 경험의 흥미로움에 비하면 좀 재미없는 답변이긴 했다.

근래 들어 종종 겪는 새벽 야간뇨 증상과 잔뇨감에 대해서도 털어놓았다. 빈도가 점점 늘고 있으니 혹시 치료를 받아야 할지 궁금했기 때문이었다. 의사 선생님은, 점점 나이가 들면서 기능이 떨어지는 것이니 커피를 줄이고 밤에 물을 적게 마시는 생활 습관을 갖도록 노력하라고 했다. 아직은 치료를 할 정도는 아닌 것 같다면서 말이다. (하지만 방광 쪽 문제는 얼마 안 가 결국 터지고 말았다.)

나의 결혼 1주년 여행 준비는 항공권과 숙박을 예약하는 것도, 짐을 싸는 것도 아니었다. 아픈 몸을 치료하는 것이었다. 신장에 웅크리고 있던 돌을 깨고 나서야 가장 중요한 여행 준비를 마쳤다. 며칠 뒤 우리는 무사히 비행기를 탈 수 있었다.

미궁에 빠졌던 허벅지 통증

돌팔이는
겪어봐야 안다

신장의 돌을 깨어가며 우여곡절 끝에 떠난 결혼 1주년 여행.

우리는 여행지에서 시내 한가운데에 숙소를 정해서 그 일대를 걸어 다녔다. 사실 걷기는 나에게 꽤 과감한 선택이었다. 나는 그다지 활동적인 편이 아니고 걷기보다 자동차를 선호하는 사람이다. 평소라면 하지 않을 그런 용기를 낼 수 있었던 것은 그 도시의 주요 볼거리가 시내 중심부에 모여 있었기 때문이다.

여름이지만 위도가 높은 곳에 위치한 그 도시는 걷기에 날씨가 좋은 곳이었다. 천천히 걸어 다니며 주변 풍광을 음미할 수도 있었고, 교통비마저 아낄 수 있으니 일석이조 아닌가. 실제로 해보니 제법 괜찮은 생각이었다. 딱 한 가지만 빼고 말이다.

갑자기 많이 걸으니 저질 체력이 결국 바닥을 드러내고 만 것이다. 내 양쪽 허벅지는 학창 시절 봤던 어느 시구처럼 '소리 없는 아우성'을 외쳐대고 있었다. 하지만 정해진 일정이 있었으니 낮에는 힘들어도 군소리 없이 다녀야 했고, 저녁때가 되어 숙소에 돌아오면 양쪽 다리에 멘소래담을 치덕치덕 발라주며 허벅지를 달래야 했다. 내 사랑 멘소래담은 냄새가 좀 지독해서 그렇지 근육통에 최고의 효과를 발휘하곤 했으니까.

하지만 유독 오른쪽 허벅지의 통증만큼은 쉬이 가라앉지 않았다. 순간, 여행 중 들고 다니던 무거운 카메라가 의심스러웠다. 여행을 할 때면 늘 풀프레임 DSLR 카메라 바디와 표준 줌렌즈, 외장플래시 한 개와 약간의 액세서리를 휴대했는데, 무게가 2~2.5kg 정도는 되니 제법 묵직했다. 한 걸음 걸을 때마다 그 무거운 가방이 오른쪽 허벅지에 쏠리고 있었으니, 이런 통증이 올 수도 있겠다는 생각이 들었다.

통증은 여행 마지막 날까지 계속됐다. 참다못한 나는 한국에 돌아가면 반드시 카메라 장비를 경량화하리라 마음먹었다. 사진만 잘 나온다면 얼마든지 무거운 카메라(설령 그것이 벽돌이라 불릴 만큼 무시무시한 무게더라도)를 들고 다닐 수 있다는 호기는 더 이상 부릴 수 없었다. 체력이 따라주지 않는다면 사진이 아무리 잘 나온다 한들 카메라는 그냥 짐일 뿐. 슬프지만 결국 나도 나이가 든 모양이다.

무사히 여행을 마치고 돌아와 다행이었지만, 이놈의 허벅지 통증은 사라지지 않았다. 그제야 비로소 무거운 카메라나 장시간의 걷기가 문제가 아닐 수도 있겠다는 생각이 들었다. 생각해보니 통증의 형태도 조금 희한했다. 일반적인 근육통에서 느끼는 뻐근함, 결림 혹은 쿡쿡 찌르는 그런 형태가 아니었다. 무릎 위에서부터 허벅지 중간까지의 약 25cm 정도 부위를 손으로 문질러보면, 따가움 혹은 쓰라림이라고도 표현할 수 있는 작열감이 느껴졌다. 하지만 허벅지에서 손을 떼면 통증은 느껴지지 않았다. 어쩌면 카메라와의 마찰은 근본적인 원인이 아니라, 이미 다른 원인으로 자리 잡은 통증을 좀더 강하게 느끼게 만들었을 뿐인지도 몰랐다. 또 내 몸 어딘가가 고장나고 만 것인가! 여행 전에 고장난 몸을 고친 지 얼마 되지도 않았건만 또다시 시련이 찾아온 것이다.

가까운 동네 정형외과를 찾았다.

"며칠 무리해서 근육통이 온 모양이네요."

엑스레이 사진을 본 의사는 그렇게 진단했다. 뼈나 근육에 이상이 없으니, 아마도 여행 기간 무리해서 관절과 근육에 통증이 온 것 같다며 소염진통제를 처방해줬다. 물리치료도 받았다. 아무리 생각해도 근육통과 다른 통증 같은데, 그렇게 싱겁게 진단을 내리니 미심쩍은 기분이었다. 하지만 일단 의사가 그렇다 하니 며칠간은 시키는 대로 치료를 받아보기로 했다. 꼬박꼬박 약을 챙겨 먹고 물리치료를 매일 받았다. 뚱한 표정으로 하기 싫은 일하는 티를 팍팍 내는 물리치료사가 못마땅했지만 별수없었다.

열흘 넘게 약을 먹고 물리치료를 받았음에도 불구하고 나아질 기미가 보이지 않았다. 그날도 같은 처방을 하길래 의사에게 다시 한번 강조했다.

"선생님, 이거 근육이나 관절 통증과는 느낌이 전혀 달라요. 게다가 만지지 않으면 통증이 오지도 않고요. 걸을 때도 전혀 아프거나 불편하지도 않아요. 약 먹고 물리치료해도 통증은 그대로예요. 전혀 차도가 없어요."

"증상에 따라서는 치료 효과가 나타나려면 시간이 걸리는 경우가 있기도 합니다. 서서히 효과가 나타날 테니 좀더 치료를 받아보시지요."

결국 그날도 그렇게 효과 없는 치료를 받고 돌아오는 수밖에 없었다. 며칠째 무의미한 치료를 받고 있다는 억울한 기분이 들어 곰곰이 생각해보니 어쩌면 의사의 진단 자체가 틀렸을지도 모른다는 의심이 들었다. 그때부터 유사한 증상에 관해 계속해서 검색해봤고, 그 결과 어쩌면 통증이 신경과 관련된 증상일 수 있겠다 싶었다.

다음 날, 항상 가던 병원을 뒤로하고 좀더 번화가에 있는 한 신경외과를 찾아서 진찰을 받아보았다. 신경외과 전문의라면 신경 관련 증상에 어느 정도 원인을 찾아줄 수 있을 거라는 기대감을 살짝 가진 채로 말이다. 진찰을 받는 동안 통증에 관해 소상히 설명한 다음, 그간의 치료 경과를 특별히 강조해 설명했다. 물리치료를 받고 약을 먹었지만 차도가 없었다는 사실과 함께 신경 증상이 아닐까 하는 나의 의심도 덧붙였다.

"아무래도 근육이나 관절이 무리해서 온 통증인 모양이네요."

나의 기대와 달리 신경외과 전문의 역시 엑스레이 사진을 보더니 비슷한 진단을 내렸다. 뼈와 근육에는 이상이 없으니 무리해서 온 통증일 수 있다고 말이다.

"그동안 물리치료 길게 받으셨는데 차도가 없으면 혹시 도수치료는 받아본 적 없으신가요? 그렇다면 차도가 있을지 모르니 한번 받아보시는 건 어떠세요?"

뭔지는 몰라도 일단 받아본 적 없으니 한번 해보기로 했다. 하지만 치료비를 결제할 때 비로소 도수치료의 진짜 정체를 알게 되었다. 그것은 비급여 항목이라 상당히 비싸다는 사실을 말이다. 빈정이 확 상해버렸다. 처음 병원을 방문한 손님에게 첫 치료부터 비급여 치료를 권한 것부터가 이 의사의 진정성이 의심되는데, 환자에게 동의를 구하기 전에 비급여 치료라는 사실을 먼저 고지하지 않았다는 점에 더 기분이 나빴다. 그래도 받아보면 효과가 있을지도 모른다는 얘기에 혹시나 싶어 치료를 받았으나, 효과는 개뿔. 받는 도중에도, 받고 나서도 전혀 개선 효과가 없었다. 애초에 증상에 관해 자세히 설명을 했음에도 지난 병원과 비슷한 진단을 내려서 진단 자체도 믿음이 안 가는 데다 의사가 그다지 양

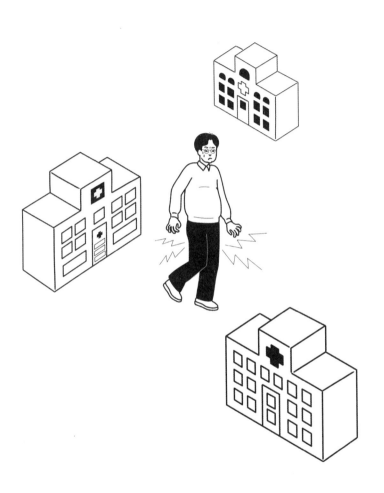

심적이지도 않은 것 같아서 두 번 다시 그 병원은 안 간다.

별수 없이 다니던 정형외과로 다시 갔다. 어쨌든 신경외과 의사도 같은 진단을 내렸으니 어쩌면 진짜로 원인이 그것일 수 있으니 말이다. 다만 진단은 같더라도 처방이라도 좀 다르길 바랐다. 하지만 이번에도 의사는 같은 처방에 같은 말만 반복했다. 나는 결국 폭발하고 말았다.

"아니, 근육통이라면서 보름을 넘게 치료했는데도 차도가 없으면 좀 다른 치료를 하든가 약을 바꾸든가 해야 하는 거 아닌가요? 어쩌면 처음부터 진단이 틀린 건 아닐까요?"

의사는 나의 항변에 꽤나 당황한 눈치였다. 하지만 그런 내 반응에도 불구하고 그는 우물쭈물 얼버무리며 역시나 같은 말만 반복했다.

"일단 좀더 치료를 받아보세요. 분명 차도가 있을 거예요."

속으로 생각했다.

'좋다. 그렇게까지 말하니 그럼 딱 일주일만 더 받아보고 그래도 안 되면 다른 병원을 가리라.' 사실 돈도 돈이지만 물리치료 자체는 시간을 많이 투자해야 한다. 하루에 한 시간 가까운 시간을 들인다는 것은 결코 쉬운 일이 아니다. 예의 그 뚱한 표정에, 온몸으로 일하기 싫음을 드러내는, 그 물리치료사는 변함이 없었다. 영혼 없는 물리치료를 받으면서 차도도 없는 치료에 계속 이렇게 시간을 빼앗겨야만 하는 것인가, 근본적인 회의감이 들었다.

'그래. 참자. 일주일만 더 해보기로 했으니 일단은 참아보자.'

가기 싫은 마음을 겨우겨우 다잡고 다음 날 다시 병원을 갔더니 황당한 상황이 펼쳐졌다.

진찰실에 다른 의사가 앉아 있었던 것이다. 도대체 어찌 된 일이냐고 물어보았더니, 눈앞의 이 의사가 원래 원장이고, 그동안 나를 진료했던 의사는 원장의 휴가 기간 진료를 대신했던 의사였던 것이다.

원장에게 다시금 증상에 관해 호소했다. 차라리 잘된 일일 수도 있었다. 어차피 지난번 그 의사는 나의 소상한 설명을 듣고도 같은 말만 반복했으니까. 엑스레이 사진을 보고, 내 통증의 양상에 관해 주의 깊게 듣더니 원장이 말했다.

"아무래도 골반 쪽 신경이 눌려서 발생하는 신경 증상일 가능성이 높습니다."

그 말과 함께 관련 질환에 대한 내용이 적힌 의학 서적을 펼쳐 보여주었다.

역시 그럼 그렇지. 드디어 실마리를 찾고야 말았다. 무고한 죄로 관아에 끌려간 억울한 죄인의 심정이 이런 것이리라. 그간 내가 얼마나 소상하게 내 증상을 설명했던가. '네 죄를 소상히 고하거라.' '저는 죄가 없습니다. 억울합니다.' 내 허벅지 근육과 관절은 억울함을 고한다. 하지만 아무도 듣지 않는다. 옥에 갇힌 죄인은 약을 투여받고 물리치료를 당하며 온갖 고초를 겪다 드디어 한 줄기 빛처럼 암행어사를 만났다. 하지만 기쁨보다는, 그동안 나를 진료해주었던 의사에 대한 분노가 더 컸다. 눈앞의 암행어사, 아니 원장에게 울분을 쏟아냈다.

"아니, 선생님은 하루 만에 원인을 쉽게 찾아냈는데, 도대체 지난번의 그 의사는 환자가 증상도 다르고 차도도 없다고 그렇게 여러 번 얘기하는데, 들은 척도 안 하고 신경증 가능성은 어떻게 아예 고려조차 하지 않은 겁니까."

사실 원장에게 얘기해본들 부질없는 일이다. 이 선생의 잘못이라고는 돌팔이를 페이닥터로 임시 고용했다는 것밖에 없는 데다 (생각해보면 큰 잘못이긴 하다), 이미 지나간 일을 하소연 한들 무슨 소용일까.

원장으로부터 진료 의뢰서를 발급받아 바로 그날 집 근처의 대학병원으로 갔다. 최종 진단 결과 원인은 척추에 있었다. 골반 쪽 신경이 눌린 것이 아니라 척추 디스크 협착이 원인이 되어 통증을 유발한 것으로 결론 났다. 척추 전문 교수는 현재 눌려 있는 디스크는 지금 나이대의 디스크라고 말할 수 없을 정도로 중증이라고 평가할 정도였으니 증상이 결코 가볍지 않았다. 척추 디스크 질환은 외상적 원인이 있는 경우를 제외하곤 주로 잘못된 자세와 생활습관에서 오는 경우가 많다. 문제가 되었던 디스크의 위치를 보니 나의 잘못된 자세에 대해 바로 감이 왔다.

일명 '게임방 자세'. 의자에 깊숙이 파묻혀 앉은 채로 의자 방석 부분의 끝 방향으로 엉덩이를 쭉 빼고 상체는 반쯤 눕는 자세 말이다. 아마도 대학 시절 PC방이 처음 생겨났던 무렵, 밤새도록 스타크래프트를 할 때, 피곤하고 졸린데도 불구하고 게임을 쉬지 않고 하다 보면 나도 모르게 그런 자세가 나왔다. 피곤하면 쉬었다 하면 될 것을 그땐 참 미련했었다. 그 자세가 습관처럼 이어져서 대학원생 시절에는 철야 작업을 하다 피곤해지면 역시 그런 자세로 일하곤 했다. 그 습관은 직장을 다니던 동안에도 이어졌고, 지금까지도 집에서 일하거나 영화를 볼 때 종종 나타났다. 거기에 늘어난 뱃살이 크게 한몫 더했으니 곧게 서 있을 때도 배를 앞으로 내미는 자세가 됐다. 허리는 더 뒤로 젖혀져 척추에 악영향을 끼칠 수밖에 없었다. 그렇게 살아온 지 20년쯤 되니 허리에 문제는 계속 누적되었고, 결국 척추 문제를 넘어서 몸의 다른 곳까지 고장이 나버린 셈이다.

젊고 에너지가 넘치던 시절에는 몸이 망가지고 있는 줄도 모르고 있다가 인생의 중반을 넘기고 몸의 전반적인 컨디션이 하강곡선을 그리기 시작하니, 드디어 문제가 수면 위로 나왔다고 해야 할지도 모르겠다. 20년간의 건강에 대한 나의 무관심이 이제 청구서가 되어 날아든 것이다.

원래 건강이라는 게 멀쩡할 때는 함부로 하다가, 망가지고 나면 뼈저리게 후회한다. 사실 허리는 망가지기 전에 돌봤어야 했다. 사내구실하는 데 허리만큼 중요한 게 어디 있겠는가. 아니, 비단 사내구실만의 문제가 아니다. 사람을 비롯한 모든 척추동물에게 가장 중요한 것이 척추 아니던가. 척추는 그 자체로 척추동물의 아이덴티티라고 봐야 하니까! (그러니 이름도 척추동물인 거겠지.)

물리치료를 하고 약을 먹고, 척추에 좋다는 운동도 하고, 체중 감량을 위해 다이어트를 하고, 바른 자세로 앉기 위해 지금도 계속 노력하고 있지만 발병일로부터 2년이 지난 지금도 허벅지의 그 통증은 여전히 남아 있다. 하긴, 20년간 쌓였던 문제를 겨우 2년 노력했다고 고쳐지길 바랄 수야 없겠지.

이번 일로 얻은 교훈은 척추동물이기에 척추는 소중하다는 것이다(ㅋ). 그러므로 항상 바른 자세로 앉자. 하지만 이보다 더 뼈를 때리는 교훈은 치료를 받아도 낫지 않으면 과감하게 다른 의사를 찾으라는 것이다. 중대한 건강상의 문제에 관해 최소한 병원 세 군데를 가야 한다는 건 그냥 나온 말이 아니었다. 그것은 현대 의료 기술을 누리는 환자의 당연한 권리이자 의무였다. 그 간단한 쌍꺼풀 시술을 할 때조차 여러 병원을 찾아다니며 견적을 받는 세상인데, 치료를 받고 약을 먹어도 낫지 않으면 과감하게 다른 병원으로 옮겨야 한다는 거다. 결국 의사도 사람이라 완벽할 수 없다. 그리고 급여항목은 쏙 빼놓고 첫날부터 비급여 치료를 권하는 의사도 피하라. 환자를 그저 돈으로 보는 의사일 가능성이 높다. 딱히 유쾌하진 않지만 어쨌든 이렇게 병원을 이용하는 요령이 늘고 있었다.

굿바이 담배, 그 애증의 니코틴
끊어야
선다

영화 〈베를린 천사의 시〉에는 인상적인 대사가 나온다. 한 손에는 커피, 한 손에는 담배를 들고, 지금은 사람이 된 전직 천사가 현직 천사에게 인간 세계에 있는 게 좋은 이유들을 나열하며 하는 말이다. "커피와 담배를 함께하면 아주 환상적이야."

이건 영화 속에서 커피와 담배가 가진 상징성에 대한 이야기가 아니다. 그 둘은 함께하면 정말 좋다. 오죽했으면 제목이 아예 〈커피와 담배〉인 영화까지 있겠는가.

'커·담' 조합의 시너지를 잘 모르는 비흡연자 분들을 위해서 약간의 부연 설명을 하자면, 담배를 피우면 목이 상당히 건조해진다. 그래서 몇 모금 피우다 보면 목이 상당히 칼칼해지는데, 그때 달달한 자판기 커피 또는 믹스커피를 한 모금 마시면 칼칼했던 목이 금세 촉촉해진다. 하지만 달달한 커피를 거푸 몇 모금 마시다 보면 금세 입이 텁텁해지는데, 그때 다시 담배를 한 모금 피우면 희한하게 입안에 청량감이 돌면서 텁텁함이 사라진다. 그 무한 반복의 쾌감은 그야말로 중독적이다.

그 맛을 아는 애연가는 금연을 위해서 두 배의 노력이 필요하다. 커피까지 함께 끊어야 하기 때문이다. 몰랐으면 모를까. 그 둘의 환상적인 궁합을 아는 상태에서, 하나가 사라진다는 건 영혼의 짝을 잃는 것이나 마찬가지다.

나는 1994년부터 2017년까지 23년간 담배를 피웠다. 고등학교 2학년 때부터 담배에 손을 댔으니 제법 이른 시기부터 담배를 피워왔던 셈이다. 할아버지께서 애연가셨으니 간접흡연으로 해로운 담배 연기에 노출된 것까지 따지면 더 어린 시절부터라 해야겠지만, 그건 논외로 하자. (노파심에 하는 말이지만, 그때는 간접흡연의 개념조차 생소하던 시절이다. 시내버스나 고속버스, 택시에서도 얼마든지 담배를 피울 수 있었으며 심지어 비행기에서조차 담배를 피울 수 있던 시절이었다.)

담배에 손대는 대부분의 청소년들이 그러하겠지만, 돌이켜보면 나 역시 어쭙잖은 어른 흉내를 내보고 싶었던 모양이다. 집안 어른 때문에 무척 화가 났던 어느 날, 친구 녀석이 한두 개비 피우고 내 방에 두고 간 것을 피워 물었는데, 하필이면 콜록대지 않고 성공적으로 흡입을 해버린 게 애연의 시작이었다.

초반에는 하루 한두 개비면 충분했으니, 사실 그때 끊었어야 했다. 하지만 한창 담배 맛을 배우고 있던 그때야 어디 그런 생각을 할 리가 있나. 한번 늘기 시작하니 그 양은 줄어들 줄 몰랐다. 최고치는 대학교, 대학원 시절이었다. 게임 좀 한다는 사람은 죄다 PC방으로 몰려가서 스타크래프트를 하던 그 시절. 치열한 승부를 겨루다 보면 바짝 높아진 긴장감을 풀기 위해 일단 한 판 끝나면 한 대씩 피우는 건 기본. 이기면 승리의 기쁨을 만끽하느라 한 개비, 지면 열받아서 분을 삭이느라 한 개비. 뭐 그런 식이었다. 이기든 지든 어쨌든 피웠다. 게임 한 판이 대략 20~30분 정도 걸렸으니 거의 한 시간에 2~3개비는 피운 셈이다. 그러다 게임이 밤새도록 이어지기라도 하는 날이면, 하루에 두 갑은 예사였다. 아침이 되면 밤새 피운 담배 냄새에 찌들어서 노숙자 냄새 비슷한 게 나곤 했으니, 지금 생각해보면 그땐 정말…… 미쳤었다.

시간이 흘러 게임의 마수에서 벗어나나 싶었더니 그보다 더한 개미굴이 나타났다. 그곳은 대학원. 인생 최대의 담배를 태우고, 내 영혼까지 태워버린 곳. 그때는 건물 내 금연 규정이 까다롭지 않았던 시절이라 복도에서 당연하다는 듯 학생들이 온통 담배를 피워댔고, 대학원 랩실의 흡연/금연 여부마저 관계 법령이 아닌, 각 랩실 최고 선배의 재량이거나 혹은 지도교수의 재량으로 결정됐다. 보통 지도교수가 비흡연자면 거의 100% 금연이 되는 편이지만, 흡연자인 경우에는 그때그때 교수의 취향에 따라 금연이 되기도, 흡연이 가능하기도 했다. 하필 내 지도교수는 식사하던 도중에도 담배를 한 모금 피울 정도로 지독한 골초였고, 덕분에 우리 랩실은 공식적으로 흡연이 가능했다.

지옥 같던 랩실 생활 동안 계속되는 야근에 (착취도 그런 착취가 없었다) 숫제 줄담배를 물고 살았다. 졸음을 쫓기 위해 랩실에 항상 구비되어 있는 믹스커피를 마시기 시작하면서 '커·담'의 시너지까지 더해져 하룻밤에만 담배 한 갑과 네댓 잔의 커피를 소비하곤 했다. 그 양은 단기간에 사람의 몸을 심하게 망가트릴 수 있는 양이었을 텐데, 아픈 곳 없이 졸업해서 나온 게 천만다행이지 싶다.

담배라는 건 중독성 때문에 한번 손대면 끊을 수 없는 습관이자 필수품이 되어버린다. 나도 예외는 아니었다. 하지만 단순히 끊지 못하니 싫은데도 어쩔 수 없이 피운다는 변명은 담배에 대한 내 감정을 설명하기엔 부족했다. 내게 있어서 담배는 그것보다는 더 큰 의미가 있었다. 아침에 눈뜨자마자 피우는 한 개비는 아침잠을 깨우는 기분 좋은 각성제였고, 격렬한 섹스 후에 피우는 한 개비는 절정의 여운을 더욱 기분 좋게 음미하게 만들어주는 이완제 같았다. 그랬다. 나는 정말 담배를 사랑했던 애연가였다. 물론 담배의 해악을 부정하지는 않는다. 싫지만, 위험하지만, 그래도 사랑할 수밖에 없는 치명적 매력이라고 할 수밖에.

그래서일까. 아내는 처음 만났을 때부터 담배 끊으라는 말을 단 한 번도 하지 않았다. 연애 시절에는 나를 만나고 들어가면 늘 담배 냄새가 몸에 밴다는 투정을 하면서 담배를 피우려면 저 멀찍이서 피우고 오라고 하는 정도가 전부였다. 아마도 내게 애연의 의미를 알아채고는 있는 그대로 받아들이기로(다른 쉬운 말로는 포기) 한 모양이었다. 그래서 내가 담배를 끊자 가장 놀라워한 사람도 아내였다.

　"다른 건 몰라도 오빠가 담배를 끊을 줄은 정말 몰랐어. 예전에는 이 남자와 살려면 담배만큼은 어쩔 수 없는 문제라고 생각했었는데."

　"응. 심지어 나도 내가 담배를 진짜로 끊을 줄은 정말 몰랐어."

　'끊을 때가 되니 자연스레 그리 되더라'라는 말이 가장 적당한 표현일 듯싶다. 예전에도 몇 번이나 금연을 시도했지만 매번 실패했었는데, 막상 때가 되니 그렇게까지 고생스럽지 않게 끊을 수 있었으니 말이다. 사실 금연이라는 건 옆에서 누가 끊어라, 끊어라 아무리 이야기해도 소용없다. 본인 스스로가 그 문제를 자각하고 의지를 세우는 것이 가장 중요한데, 내게 있어서 그 자각은 꽤나 엉뚱한 곳에서 찾아왔다.

　2012년의 어느 날, 버킷 리스트였던 댄스스포츠 수업을 등록했을 때의 일이다. 첫 수업이 끝날 무렵 한 수강생이 의견을 냈다.

"흡연자는 파트너의 옷에 담배 냄새가 옮겨 배니 수강 전에 흡연은 삼가주세요." 그 흡연자가 누구라고 콕 집어서 이야기하진 않았지만 사실 나를 지목한 게 틀림없었다. 나는 그 수업에 새로 등록한 유일한 사람이었으니까.

충격이었다. 냄새가 그렇게 심했던가. 그것도 겨우 한 시간 동안 함께 춤추었던 댄스 파트너에게 냄새가 옮겨 밸 정도에다가, 그 사실에 관해 공개적으로 주의를 받을 정도로 말이다. 어쨌거나 계속 춤을 배우려면 댄스 파트너와의 가벼운 접촉은 불가피하니 신경 써야 하는 문제였다. 댄스스포츠의 기본은 파트너에 대한 배려와 매너 아니던가.

당장 무 자르듯 단번에 담배를 끊을 엄두는 나지 않았다. 과거에도 금연을 시도했지만 매번 금단 증상 때문에 실패했던 기억이 떠올랐다. 그래서 생각해낸 방법이 전자담배로 갈아타는 것이었다. 액상형 전자담배의 유해성에 관해서는 여전히 논란이 있지만 공개된 액상 성분을 보면 일반 담배보다 나아 보이긴 했다. 니코틴이 함유되어 있지만, 벤젠, 나프틸아민 등의 온갖 발암물질 등은 없었으니까 말이다. 아니, 설령 성분이 담배만큼 유해하다 하더라도 일단 냄새가 나지 않는다는 것만으로도 충분한 가치가 있었다.

집에서 가장 가까운 전자담배 샵을 찾아 거금 15만 원을 들여서 전자담배 세트를 구비하고 사용법을 익혔다. 주인아저씨의 말대로 일반 담배를 전자담배로 대체할 수 있도록 노력해봤는데, 걱정과 달리 별로 어렵지 않았다. 전자담배에서 충분한 니코틴을 공급받을 수 있었기 때문에 금단 증상이 그리 크지 않았기 때문이었다. 게다가 일반 담배처럼 끝까지 피울 필요가 없어 생각날 때마다 한두 모금 흡입하면 된다는 건 굉장히 편리했다. 결국 그렇게 전자담배로 갈아타는 데 성공했고, 가족을 비롯한 주변에서는 만세를 부르며 환영해주었다. 그간 담배 냄새에 꽤나 시달렸을 텐데 얼마나 반가웠을지 알 만도 하다.

다만 일반 담배에 비해 비용이 절감된다는 주인아저씨의 이야기는 공감이 되질 않았다. 실제로 한두 달 이용을 해봤더니 주기적으로 만만치 않은 가격의 액상을 꾸준히 구매해야 했기 때문에 기존에 피우던 일반 담배와 같거나 혹은 그 이상의 돈이 들었다. (물론 나중에 알게 된 거지만, 이건 당시 초보였기에 '호갱'을 당해서 그런 거였다. 초보는 별수 없이 그런 식으로 수업료를 지불하게 되어 있다.)

성공적으로 전자담배로 갈아타고 나서 약 2년쯤 지났을 때였다. 전자담배에 대한 내공이 쌓였지만 그에 비례해서 불만 역시 늘어났다. 기성품 전자담배의 기기와 액상이 질리기 시작했다. 애용하던 박하맛 액상에서는 더 이상 시원한 느낌이 들지 않았고 아무런 맛도 느낄 수 없었다. 원래 자극이란 게 시간이 지날수록 둔감해지는 법이니 더 강한 자극이 필요했다. 다른 이용자들은 전자담배를 어떤 식으로 사용하고, 어떤 맛의 액상을 쓰는지 궁금해서 카페에 가입했는데, 그곳에서 신세계를 만났다.

카페를 통해서 소위 '모드 기기'라고 불리는 고급 기기를 알게 되었는데, 자동차로 치면 고성능의 수동 스포츠카 같은 느낌이다. 사용하기 제법 까다롭지만 그만큼 만족도가 높았다. 한 모금을 위해 만들어내는 연무량이 상당히 많아서 피우는 재미와 보는 재미, 맛까지 모든 걸 충족시켜줬다. 액상 소비량이 늘어나면서 액상을 자작하는 단계까지 진화했으니, 그때부터 해외에서 직수입한 니코틴과 국내에서 구입한 각종 향료를 배합하여 온갖 맛의 액상을 만들기 시작했다. 그 단계까지 갔으면 전자담배에 있어서는 최소 중수 이상은 된 셈이었다. 귀찮지만 쏠쏠한 재미가 있었다. 코일을 리빌드할 때마다 무언가 대단한 기계장비를 수리하는 것 같은 재미를 느꼈고, 원재료를 계량하여 이리저리 액상을 배합하고 있으면 대단한 화학실험이라도 하는 듯한 재미를 느꼈으며, 배합이 끝난 액상을 병에 소분하여 담은 다음 잘 숙성시키고 있노라면 꼭 하우스브루잉을 하는 것 같은 기분마저 들었다. (인정한다. 나이 먹고 하는 소꿉놀이 같았다.) 진작에 카페에 가입해서 열심히 공부할걸 왜 샵에 가서 비싼 돈 들여가며 맛없는 걸 피웠던 걸까 후회가 됐다.

만족스러운 '전담' 생활을 이어나간 지 2년쯤 되던 어느 날, 그마저도 전부 끊어야겠다고 결심한 계기도 역시나 다소 엉뚱한 곳에서 찾아왔다.

신혼 재미를 아주 제대로 만끽하고 있던 어느 날, 섹스 직후에 전자담배를 입에 물고 있던 내게 문득 아내가 물었다.

"오빠는 인생의 궁극적인 목표가 뭐야?"

수많은 화제 중에서 하필 인생의 가치와 철학을 묻는 아내라니, 그것도 이렇게 섹스 직후에 알몸으로 침대에 누운 채 말이다. 이런 엉뚱함이 참으로 매력적인 여자다. 잠깐의 시간 동안 골똘히 생각에 잠겼다.

"글쎄, 70세가 될지 80세가 될지 모르겠지만 죽는 날까지 건강한 성생활을 하는 것?"

약간은 반문하는 것 같은 이 엉뚱한 대답에 나도 아내도 한참을 낄낄거렸다.

부부의 침실에서야 얼마든지 나올 수 있는 농담이지만, 막상 실제로 이룰 수 있을까 생각해보면, 열심히 노력한다면 뭐 굳이 못 이룰 이유도 없는 꿈 아닐까.

60대에 막내아들을 얻었던 톨스토이 대인도 있고, 73세에 무려 44세나 연하였던 애인으로부터 득남을 한 믹 재거 대인도 있으니 꼭 불가능한 꿈은 아니다. 물론 그 두 대인은 그쪽 방면에서 워낙 유명하신 분들이라서 나 같은 나부랭이가 범접할 수 있는 영역이 아니긴 하다. 그래도 현실의 사례가 있으니, 생물학적인 불가능의 영역은 결코 아니었다. 일단 높은 곳을 목표로 잡으면 뭐 근처까지라도 갈 수 있을지 또 어찌 알겠는가 말이다.

이런 이야기를 아내와 나누고 있는데, 그 자리에서 갑자기 아내가 훅 치고 들어왔다.

"그렇다면 일단은 그 전자담배부터 끊어야 하지 않을까? 담배 오래 피우면 발기부전 올지도 몰라."

후두부를 강타당하는 것 같은 꽤나 큰 충격이었다. 만족스러운 전자담배 생활을 영위하고 있었기에 굳이 그걸 끊어야겠다는 생각은 하지 않았는데, 그 말에는 도무지 반박할 수 없었다.

지금이야 젊으니까 성기능이 왕성할 테지만, 점점 나이가 들어 노화가 진행되면 장담할 수 없는 일 아닌가. 게다가 중년 이후 건강한 성생활에 가장 큰 위험요소가 바로 발기부전이고, 장기간의 흡연은 가장 확실한 발기부전의 원인으로 손꼽힌다. 니코틴이 심혈관계에 미치는 안 좋은 영향과 발기부전에 미치는 영향은 널리 알려져 있지 않은가. 게다가 액상을 직접 자작하고 있으니 액상의 니코틴 농도 역시 마음대로 조절할 수 있는데, 근래 들어 액상에 주입하는 니코틴의 농도가 점점 진해지고 있다는 점 역시 위기감을 불러일으켰다. 점점 더 많은 니코틴을 흡입할수록 문제가 생길 가능성이 높아지는 건 너무나도 당연한 이치였다.

사실 전자담배도 여러모로 불편한 점이 많다. 액상을 주기적으로 만들어야 하고, 코일 역시 주기적으로 리빌드해야 하니 그 귀찮음이 만만치 않다. 배터리 충전 문제와 안전 문제도 있고 (주머니에서 과열된 적이 딱 한 번 있었다. 실수로 홀드를 걸지 않은 상태로 두꺼운 외투 주머니에 넣은 채 일을 보고 있었는데, 버튼이 눌리는 바람에 엄청 뜨거워진 걸 뒤늦게 발견하고 조치한 적이 있었다. 정말이지 식은땀 나는 굉장히 위험한 상황이었다.) 해외에서 직구하는 니코틴 원액은 매우 위험한 독극물이어서 다루기 까다롭고 위험했다. 게다가 흡연 가능 구역에서만 사용 가능하니 공간의 제약도 있다. 가장 크게 불편할 때는 역시 여행 갈 때다. 3~4시간의 비행에도 참는 것이 괴로워서 여행을 할 때마다 니코틴 껌이나 패치를 사두어야 했으니 담배 때문에 12시간 넘는 유럽 여행은 엄두조차 낼 수 없었다. 태국처럼 법으로 모든 종류의 전자담배를 이용할 수 없는 국가에서는 반입조차 불가능하다. 휴양지 여행을 사랑하는 내가 고작 전자담배 때문에 태국을 못 갈지도 모른다고 생각하면 억울하다.

전자담배마저 끊어야 할 이유와 명분은 줄기에 매달린 고구마처럼 줄줄이 나왔다. 그래서 끊어버리기로 했다.

진짜로 전자담배를 끊을 운이었던 것일까. 금연하겠다고 마음먹자 때마침 당시 금연을 시도하던 후배가 내게 매우 좋은 정보를 알려줬다. 금연 치료 지정 병원에 가면 금연 치료를 무상으로 받을 수 있으며 약을 처방해주는데, 그걸 복용하면 생각보다 어렵지 않게 담배를 끊을 수 있다고 말이다. 돈 내고도 끊을 판에 공짜라니, 이 얼마나 고마운 일이던가.

다음 날 동네 의원(예상했겠지만 금연 지정 병원이기도 하다. 역시 우리 동네 종합병원!) 원장 선생님은 챔픽스를 처방해주셨다. 실제로 복용을 해보니 담배를 맛없게 만들어 멀리하게 만드는 효과까진 없었다. 다만 담배를 피우지 않아도 '견딜 수 있게' 만들어주었다. 처음 며칠간은 평소처럼 담배를 피우거나 혹은 조금 줄이는 정도였는데, 2~3주차부터는 단 한 번도 피우지 않게 되었다. 결국은 본인의 의지가 가장 중요했다. 약의 역할이라곤 금단 증상을 없애준 것이 전부니까. 습관적으로 담배로 가는 손길을 멈추는 건 자신의 몫이다.

주기적으로 병원을 내원해서 정해진 복약 기간을 다 채우자 건강보험공단에서는 건강관리 용품까지 보내주었다. 담배에 비싼 세금 붙여서 어디다 쓰나 싶어 늘 불만이었는데, 이런 유익한 일에 쓰기는 하는구나 싶은 생각이 들었다.

그렇게 기어이 금연에 성공했다. 담배를 끊은 지 2년이 된 지금도 여전히 생각은 난다. 그러나 피우지 않아도 견딜 만하니까, 흡연 욕구가 그다지 강하지 않으니 그냥저냥 피우지 않고 살고 있다. 담배 끊고 어떤 좋은 효과를 보았냐고? 담배를 피울 때도 당장 직접적인 건강 문제는 없었으니, 담배를 끊었다고 해서 당장 무슨 눈에 띄는 변화가 있었던 것은 아니었다. 긴 시간이 경과한 다음에는 분명 어떤 식으로든 그 효과를 느낄 수 있겠지.

금연의 가장 큰 소득은 자유를 얻었다는 것이다. 이젠 커피나 술을 마시다가 흡연 가능한 곳을 찾아서 밖으로 나갈 이유가 없으며, 장거리 비행도 전혀 겁나지 않는다. 전자담배의 배터리가 과열될까 봐 걱정할 일도 없고, 담뱃값이 오르거나 말거나, 액상 니코틴 원액의 개인적 수입이 금지되거나 말거나 더 이상 내가 걱정할 필요가 없어졌다. 불필요한 것에 의존하지 않아도 된다는 것,

걱정할 필요가 없어진 것이야말로 진정한 자유 아닐까.

　아, 담배에 관한 기가 막힌 영화가 하나 더 있다. 1995년작 〈스모크Smoke〉. 금연을 계획했다면 이 영화는 금물이다. 이 영화 자체의 재미는 둘째치고, 등장인물들이 담배를 정말로 맛있게 피운다. 담배를 끊은 지 한참 된 사람도 그 화면을 보다가 담배를 다시 피워 물게 만들 정도로. 영화를 다시 보면 끊었던 담배를 다시 피고 싶어질까. 솔직히 장담 못하겠다.

　참. 나에게 깨알 같은 보건소 팁을 알려준 그 후배는 결국 다시 담배를 피우고 있단다(녀석ㅋㅋ).

위내시경 검사를 하면서
무의식을
걱정한
남자

40세가 넘으면 의료보험 지역 가입자 자격으로도 무료 건강검진을 받을 수 있다. 비용이야 결국 내가 매달 낸 건강보험료로 내는 것과 다를 바가 없기는 하지만 어쨌거나 2년에 한 번씩 나라에서 내 건강에 관심을 갖고 돌봐주겠다는 거다. (당연한 얘기지만 귀찮다고 안 받으면 나만 손해 아닌가.)

하지만 조금 다른 관점에서 생각해본다면 이건 꽤 슬픈 이야기이기도 하다. 40세가 넘었으니 '특별하게' 모니터링해야 할 정도로 건강 위험군에 접근하고 있다는 의료보험공단의 '공식적인' 인정으로 볼 수도 있으니 말이다. 왜 그런 말도 있지 않은가. 대한민국 사나이로 태어나서 현역 복무를 마치고 예비군에 민방위까지 다 마치고 나면 나라에서 공식적으로 '너님의 몸뚱이는 이제 더 이상 나라에서 필요치 않음'이라며 '장정' 대우조차 해줄 필요가 없는 신체라는 의미라고. 그 나이가 하필 만 40세다. 민방위를 몇 세에 처음 시작하든 민방위가 끝나는 해는 무조건 만 40세가 되는 해다. 바로 딱 그해에 건강검진이 시작되는 건 분명 그런 의미가 숨겨져 있다고 해석할 수 있지 않을까.

내 나이 만 40세, 처음으로 생애전환기 건강검진을 받았다. 검진을 받기 위해 방문한 곳은 변함없이 그곳이다. 그 동네 의원. 신기한 검사항목들이 있지 않을까 궁금했었는데, 위내시경을 제외하고는 한 번쯤 해봤던 것들이었다. 키, 몸무게, 허리둘레, 시력, 청력 등을 먼저 측정했는데 학창시절에 받던 신체검사를 나이 들어 다시 받는 기분이었다. 다만 차이점이 있다면 가슴둘레 대신에 허리둘레를 재더라는 것이었다. 이 나이쯤 되면 가슴둘레보다 허리둘레가 몇 배는 더 중요한 모양이다.

신체 측정 후에는 혈액검사를 위해 채혈을 하는데, 하필 그때 채혈 담당 선생님이 영 손재주가 없었는지 양쪽 팔에 한 번씩 바늘을 찌르고도 실패했다. 결국 손등까지 찔렸음에도 혈관 찾는 데 또 실패했다. 뭐, 의료인들마다 각자 잘하는 분야와 못하는 분야가 있으니 그 선생님을 타박할 이유는 없다. 다만 더 이상 내 몸 이곳저곳에 구멍이 나는 사태는 막아야겠다는 생각이 들었다. 앞에 앉아 계신 선생님이 민망하지 않도록 만면에 미소를 머금고 부드럽게 이야기를 건넸다.

"혹시 혈관이 잘 안 잡힌다면, ×× 선생님께 도움을 받는 것은 어떨까요? 그분은 1초 만에 찾아서 잘 찌르시던데……."

동네 병원, 그것도 단골 병원이었기에 가능한 이야기다. 온갖 크고 작은 질병이 있을 때마다 그 병원을 가다 보니 이젠 거기에 근무하는 대부분의 의사, 간호사 선생님을 잘 안다. 병원 입장도 마찬가지라 누가 누구의 가족인지, 평소 어떤 지병이 있고 어떤 약을 복용 중인지 정도는 알고 있다. 그 집에 숟가락 몇 개 있는지까지는 몰라도 종종 듣던 말이 '좀 전에 어머니 다녀가셨어요'이니. 그렇게 솜씨 좋은 선생님이 급히 초빙돼 채혈까지 마무리했다. 이어서 다른 간호사 선생님이 와서 손등에 주사바늘을 꽂아두고 가셨다. 위내시경 검사를 받을 준비가 되었다는 뜻이다.

그해 건강검진 및 위내시경 검사 대상임을 통보하는 우편물이 도착했을 때 처음으로 느낀 감정은 '결국 올 것이 오고야 말았군'이었다. 건강검진 초심자에게 위내시경 검사란 언젠가 받기는 받아야 하는데 막상 받기는 싫은, 그런 일이다. 그 필요성에 대해서는 절대적으로 공감한다. 집안에 암 환자가 없어 가족력 기준으로는 비교적 안심이 되기는 하지만 그건 단지 암 발병 위험이 좀 낮아진 것뿐이지, 그렇다고 위험이 전혀 없는 것은 아니다. 게다가 검사비마저 무료이니 망설일 것이 뭐가 있겠느냐, 마는 그렇다고 해도 검사에 대한 두려움이 없는 것은 아니었다.

임상을 통해 안정성이 충분히 검증되어 이미 널리 사용되고 있는 장비이기는 하지만, 식도를 거쳐 위의 내부까지 도달하는 장비를 내 목구멍에 집어넣어야만 한다는 무시무시한 사실은 어쩔 수 없이 꺼려질 수밖에 없다. 특히 비수면으로 진행할 경우 짧지 않은 검사 시간 내내 겪어야 할 구역질과, 그걸 내뱉고 싶은 본능(아니, 심지어 손으로 잡아 빼고 싶어질지 어찌 알까)을 견뎌야 할 것이다. 물론 내 주변에는 고작 7만 원 하는 마취비를 아끼기 위해 그 고통을 기꺼이 감수하는 독한 사람이 있기는 하지만, 나는 그 고통을 감당하기에는 겁이 너무 많았다.

반대로 수면마취로 진행하자니 그것 역시 선뜻 내키지 않았다. 수면마취에서 자주 볼 수 있는 그 헛소리. 그것도 나의 의사와는 전혀 상관없이 내뱉을 말이나 무의식적 행동이 가장 큰 걱정이었다. 아는 게 병이라고, 그런 걱정을 할 수밖에 없었던 건 꽤 한참 전에 봤던 어떤 동영상 때문이었다. 영상에서는 사랑니 발치를 위해 수면마취가 된 외국인 남자가 마우스 피스를 입에 물고 누워서 수동 스포츠카를 운전하고 있었다. 변속레버의 조작과 클러치, 액셀러레이터 페달의 조작이 완벽해서 제법 운전을 잘하는 사람임을 알 수 있었다. 특히 변속할 때마다 변화하는 엔진음을 매우 완벽하게 '재현'했다. 본인의 입으로 말이다. (유튜브에서 'Anesthesia Driving'으로 검색해보면 그 영상을 확인할 수 있다.)

내가 영상의 그 사람처럼 그러지 않으리라는 보장은 없는 것 아니던가! 게다가 저 정도면 어쩌면 귀여운, 본인만 잠깐 부끄럽고 말 수준의 것인지도 모른다. 미워하는 사람에 대한 아주 걸쭉한 욕지거리를 한다든지, 나 혼자만 몰래 마음속에 담아두었던 음탕한 욕망에 관한 이야기라든지, 심지어 평소에는 하지 않을 심한 발버둥을 쳐서 의료진을 다치게 하는 일도 얼마든지 있을 수 있는 것 아닌가. 그것도 내 의지와는 전혀 상관없이 말이다.

"그럼 내가 따라갈까?ㅋㅋㅋ"

나의 이런 걱정을 진지하게 들은 아내는 원한다면 보호자로 동행해주겠노라 제의했다.

"어림없지! 평생의 놀림거리를 그리 쉽게 내어줄까 보냐!"

고맙지만 그건 더 싫었다. 자발적으로 아내에게 놀림감을 제공하다니, 있을 수 없는 일이다. 평생 함께 살아야 하는데 남은 인생 그런 굴욕과 흑역사는 남기고 싶지 않았다. 그럴 바엔 차라리 의료진들에게만 창피당하고 끝나는 게 훨씬 깔끔하지 않은가. 어차피 그들은 잠깐 볼 사람들이고 매번 수면 내시경 검사를 하면서 그런 장면들을 한두 번 본 것이 아닐 테니 그냥 무덤덤하게, 혹은 넓은 아량으로 이해하고 넘길 수 있을지도 모르니 말이다.

맨정신의 고통보다 잠깐의 '쪽팔림'을 감수하는 쪽으로 결론을 내렸다. 대신 검사에 들어가기 전 주머니 속의 휴드폰 녹음 기능을 켜두었다. 실제로 내가 헛소리를 할지, 한다면 대체 무슨 소리를 하게 될지 너무나도 궁금했기 때문이다. 마치 최면에 걸린 것처럼 내면에 있던 생각들을 말할지도 모르고, 어쩌면 스스로도 인식하지 못했던 무의식이 튀어나올지도 모를 일 아닌가. 무의식의 표출을 두려워하면서도 무의식을 만나고 싶은 기대감이 혼재된 묘한 기분이었다. 그래, 프로이트, 당신이 그렇게 외쳐댔던 무의식, 이제야 나도 만나볼 수 있겠군. 으흐흐흐.

검사를 위한 모든 준비가 되었다. 간호사 선생님이 내 손등에 꽂아두었던 바늘을 통해 마취제를 투여한다는 이야기를 듣고 의사 선생님이 내시경 장비를 가동하는 장면을 보고 있었는데, 바

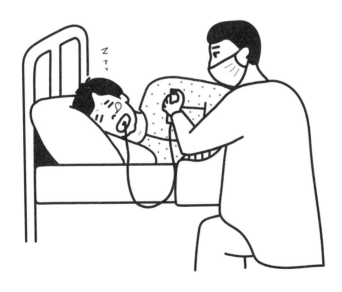

로 그다음 순간 실내의 한쪽 벽면이 눈에 들어왔다. 정신을 가다듬어 보니 이미 검사가 끝나 있었고, 침대는 한쪽으로 옮겨진 모양이었다. 굉장히 흥미로운 경험이었다. 잠을 잤다거나 꿈을 꿨다거나 하는 감각이 전혀 아니었다. 딱 그 시간 동안의 기억이 제거된 기분에 더 가까웠다. 술이 약하던 대학생 시절, 그렇게 자주 폭음을 했음에도 단 한 번도 겪어본 적 없는 필름이 끊긴 기분이 이런 것일까, 하는 생각이 들었다.

어느 정도 회복을 마치고 귀가했을 때 가장 먼저 한 일은 녹음 파일을 들어보는 것이었다. 재생 버튼을 누르는 손은 기대감(?)에 살짝 떨렸다. 어떤 면에서 그것은 희열이기도 했다. 이미 다 지나가버린 일, 이젠 쪽팔린 일이 있었다 해도 별수 없으니 오히려 필름이 끊겼던 그 20분 동안 무슨 바보짓(?)을 했는지 궁금해지기까지 했다.

그러나 실망(?)스럽게도 재생이 시작되어 끝날 때까지 나는 단 한마디도 하지 않았다. 회복되는 동안에는 심지어 아주 잘 자고 있었던 건지, 쌔근거리는 것 같기도 하고 가볍게 코를 고는 것 같기도 한 규칙적인 숨소리만 들려왔다. 어쩐지 김이 좀 새어버렸다. 나는 무엇 때문에 그런 온갖 걱정을 했던 것일까. 미안하네, 프로이트. 스포츠카를 몰지 못할지언정 잠이나 푹 자다니. 이런 시시한 무의식만 보여주다니.

며칠 뒤 병원에 들러 검사 결과를 들었다. 다행히 위는 건강한 상태였다. 다만 혈액검사 결과 공복 혈당이 높은 편이며 콜레스테롤 수치가 정상범위를 살짝 벗어나 있어 주의를 필요로 한다고 했다. 그럼 그렇지. 역시나 우리 집안의 가족력은 암이 아니라 당뇨였다. 그 수치들을 보면 주기적으로 검사 받고 좀더 관리를 하며 살아야 하는데, 참으로 대충 살고 있는 상황이었다.

의사 선생님은 식이 조절을 하면 좋기는 하겠지만 그렇다고 당장 필수적으로 해야만 할 정도는 아니니까, 일단은 정기적으로 검사하며 지켜보자고 했다. 콜레스테롤 수치는 조절하는 게 좋을 듯하니 간편하게 먹는 약을 처방해주겠다고 하여 받아왔다.

몸에 큰 문제가 없다니 다행이다. 알고 있었던 혈당과 콜레스테롤 문제만 다시 확인한 셈이다. 점점 늘어나는 허리둘레를 보면서 어쩌면 건강검진 전 내가 진짜 걱정했어야 할 문제는 이 수치가 아니었을까 싶은 생각이 들었다. 하지만 나란 사람은 하지 않아도 될, 얼마나 쓸데없는 걱정만 안고 사는 사람인지를 확인하고야 만 첫 건강검진이었다.

대장내시경 검사를 하면서

존엄을
걱정한
남자

"오빠, 이제 더 미룰 수 없을 거 같아. 이번 추석에는 그 잔소리를 어떻게 감당하려고 그래? 어쩌면 검사 안 받으면 아예 추석에는 올 생각도 하지 말라고 그러실지도 몰라!"

아내의 말에는 어떤 결연함마저 느껴졌다.

그랬다. 지난해 추석에 장인어른은 두 사위에게 대장내시경 검사를 받으라는 특명을 내리셨는데, 차일피일 미루다 보니 벌써 1년이 지나버렸다. 그동안은 성실하게 "네네" 대답하면서 은근슬쩍 잊혀지길 바랐는데, 지난 설에 동서가 검사를 받았단다. 흑, 배신자. 그러니 더 이상 미룰 수 없었다.

두 사위의 건강을 염려하시는 마음에서 우러나온 말이라는 것 잘 안다. 더욱이 처갓집은 건강검진에 민감해할 만한 특별한 사유가 있었다.

장인어른께서는 오래전 위암으로 위 절제술을 받으셨다. 식도 일부와 위 상부를 잘라냈는데, 수술 후 입원하는 동안 수술 감염증으로 생명이 경각에 달했던 적이 있었다고 한다. 간신히 회복했지만 남은 위에서 위산이 역류했고 짧아진 식도로 위산이 역류해 식도염으로 갖은 고생을 하다 남은 위를 모두 잘라내는 재수술까지 해야 했다. 위가 없으니 식사를 해도 음식물을 제대로 소화할 수 없어서 가리는 음식이 많아진 데다 설령 몸에 맞는 음식을 먹어도 소화 효율이 극도로 떨어져서 체중이 엄청나게 줄어들고 말았다. 아내는 장인어른이 젊었을 때는 꽤 건장했는데 수술 이후 많이 왜소해진 걸 스스로 속상해하면서 자신감도 많이 잃은 것 같다며 안타까워했다.

그러니 상당히 한이 맺혀 있으시리라. 어쨌거나 암은 무서운 것이었다. 장인어른도 조기에 발견했지만 수술 후 합병증으로 사경을 헤맸다. 평생 음식을 가려가며 먹고 싶은 것도 마음껏 먹지 못하면서 여생을 살아야 한다. 그러니 사위들에게 그런 특명을 내리신 것이 충분히 이해가 되고도 남는다. 다행히 두 사위 모두 위내시경 검사 결과 건강하다는 판정을 받고 흐뭇해하셨다. 이제 대장내시경 검사가 남은 것이다.

그나마 어른들 말씀 잘 듣고 싹싹한 동서와는 달리 나는 병원 가기 싫어서 떼쓰는 어린애마냥 차일피일 검사를 미뤘다. 마취 비용을 제외하고는 무료였던 위내시경과는 달리 검진을 위해서 내가 직접 검사비를 지불해야만 하는 점도 부담스럽긴 했지만, 사실 피하고 싶은 이유는 역시 그것이 말 그대로 '내시경' 검사이기 때문이다.

검사 장비가 내 몸속으로 들어와 이리저리 휘젓고 다니는 건 참으로 겁나는 일이다. 특히 대장내시경은 그 길이가 무려 1.5m이니 위내시경에 비하면 차원이 다른 길이 아닌가. 게다가 하필 내시경이 들어가는 입구가 아무리 의료 행위라 해도 제법 민망한 부위다. 여러 가지 의미로.

대장내시경을 준비하는 일련의 과정들은 위내시경보다 훨씬 힘들다. 검사를 한 번도 받아보지 않은 사람도 충분히 상상할 수 있겠지만 이건 단순히 금식 좀 한다고 되는 것이 아니다. 내시경의 출입구가 소화관의 출구이다 보니 소화관 전체를 깨끗이 해야만 한다. 금식은 물론, 소화관 내의 모든 내용물을 쏟아내 아무것도 남지 않은 상태를 '인위적으로' 만들어야 하는 것이다. 검사를 직접 받거나 누군가의 경험담을 듣지 않아도 얼마나 힘들지 상상이 되는데, 그걸 직접 해야만 하는 상황이니 당연히 망설여질 수밖에.

집 근처에 있는 전문 병원에 가니 직원들이 매우 능숙하게 사람들을 안내하고 쉴 틈 없이 환자들을 진료하고 있었다. 얼마나 일사불란한지 진료의 흐름이 공장의 컨베이어 벨트 같은 느낌마저 들었다. 의사의 문진을 받은 후 간호사가 비닐백을 내밀었다. 문제의 그 약이 얌전히 담겨 있었다. 복용법과 주의사항을 설명해주었는데, 복용법 자체는 어렵지 않았다. 검사 시간이 오전이냐 오후냐에 따라 복용법에 조금 차이가 있지만, 안내문에 적혀 있는 그대로 따라만 하면 될 정도로 간단했다.

검사 이틀 전부터 식단 조절을 시작했다. 사실 그건 별로 큰일도 아니었다. 검사 전 피해야 할 음식이 있으니 그중 먹고 싶거나 평소 즐기던 음식이 있다면 그저 이틀간만 참으면 그만이고, 검사 하루 전에는 유동식을 조금 먹고 이후 금식하면 되니까 말이다. 하지만 그 약을 복용하고 소화관을 비우는 과정은 과연 듣던 대로 결코 만만한 일이 아니었다.

하제에도 여러 종류가 있는 모양인데, 내가 처방받은 것은 하제 500ml와 물 500ml를 각각 30분 동안 연속해서 다 마시는 과정을 전날 밤과 다음 날 새벽 두 번을 반복하는 방식이었다. 검사가 오전에 잡혀 있으니 시간상 다음 날 새벽에 두 번째 복용을 하는 것인데, 새벽에 일어나자마자 잠도 안 깬 상황에서 화장실로 직행해야 한다는 부담감보다 오히려 그런 몸 상태로 밤에 제대로 잠이 오기나 할 것인지가 더 걱정됐다.

500ml. 맥주 500cc 한 잔을 떠올려본다면, 그렇게까지 부담되는 양은 아니다. 술자리에서 맥주를 마실 일이 있다면 얼마든지

마실 수 있는 양 아니던가. 하지만 맥주와 달리 이 약은 정말이지 복잡 미묘한 맛이었다. 듣던 것에 비하면 뭐 그렇게까지 토하고 싶을 만큼 역한 맛은 아니지만, 결코 유쾌하지 않은 맛인 것은 틀림없었다. 맥주를 원샷하던 그 마음가짐으로 숨을 꾹 참고 꿀꺽 꿀꺽 마셔댔는데 분명 많이 마셨겠지 하는 마음으로 멈추어 보니 대략 3분의 1 정도밖에 마시질 못했다. 눈을 질끈 감고 또다시 마셔봤지만 여전히 통에는 적지 않은 양이 남아 있었다. 어쩐지 속이 편하지 않아서 일단은 뱃속에서 조금 내려가기를 기다려봤지만 마냥 기다릴 수 있는 상황은 또 아니었다. 어쨌거나 30분 안에 그 약을 다 마셔야만 하니까. 게다가 그 뒤로 물 500ml를 또 30분 안에 다 마셔야 한다.

힘겹게 500ml의 약제를 다 마시고 보니 의외로 시간이 오래 걸리지는 않았다. 시간 안에 마셔야 한다는 사실이 마음을 조급하게 만들기는 했지만 생각보다 넉넉한 시간이었던 것이다. 예전에 사용했다던 그 악명 높은 4리터짜리 약제가 아님에 다시 한번 감사했다.

어쨌든 약통의 빈 바닥을 확인하니 '해냈구나' 싶은 일종의 안도감이 밀려옴과 동시에, 몸이 차가워진 듯한 기분이 들었다. 찬물에 탄 약재를 빨리 마셔서일까. 하지만 몸이 다시 따뜻해지기를 기다릴 여유 따위는 없었다. 바로 생수 500ml를 마셨다. 어느 정도 물을 들이켜자 드디어 소식이 왔다.

잠들기 전까지 수십 차례의 배출이 이어질 게 틀림없으므로 뒤처리는 물로 하는 것이 나을 듯싶었다. 매번 휴지로 닦다가는 연약한 항문이 금세 헐어버릴 게 뻔했기 때문이다.

미드 〈빅뱅이론〉에서 목소리로만 출연했던 하워드의 어머니는 이걸 두고 '화산을 거꾸로 달아놓은 것 같다(Upside down volcano)'고 표현했다. Urban Dictionary에 등재되어 있을 만큼 제법 널리 쓰이는 표현이기도 하고, 우리말의 '폭풍 설사'와도 비슷한 어감의 이 말은 꽤나 적절한 표현인 듯싶다. 끝없이 이어지는 것이, 상한 음식을 먹고 탈이 나서 하는 설사와는 급이 달랐다.

첫 번째, 두 번째. 화장실을 다녀와 채 다 마시지 못한 물을 또 마시고, 그리고 다시 화장실에 가서 배출하는 것을 반복하다 보면 결국은 마셔야 할 물을 다 마시게 된다.

상당량의 액체를 내보내고 나와서 손실분을 보충하려는 듯 또다시 물을 들이켜고, 물이 든 통을 내려놓고 한숨을 돌리기가 무섭게 또다시 소식이 오는 상황을 반복하고 있노라면, 마치 스스로가 입구에서부터 출구까지 일직선으로 연결된 초고속 배수관이 된 것 같은 착각마저 들었다.

그때 신혼 초에 겪었던 한 사건이 떠올랐다. 특발성 경련을 앓고 있는 우리 집 조그만 멍멍이가 당시에는 돌팔이 수의사로부터 암모니아 수치가 높은 게 원인이라는 진단을 받고 듀파락 시럽이라는 약을 처방받았다. 이 약은 검색해보면 알겠지만 만성변비에 먹는 약이다. 경련이 온 어느 날 걱정스러운 마음에 그 약을 먹였고, 좀 나아진 것 같아 아내와 셋이서 산책을 다녀오는데, 녀석이 길바닥에서 급설사가 와서 서 있던 자세 그대로 한 줄기 설사를 쭈욱 뿜고야 말았다. 난 지금도 그때 우리 멍멍이가 짓던 그 표정을 기억한다. 자신도 예상치 못한 순간에 분출되어버린 것에 대한 당혹감과 어딘가 모르게 원망이 섞인 것 같은 눈빛.

그랬다. 그것은 존엄을 잃은 자의 표정이었다.

평소 배변 에티켓이 확실해 때와 장소를 잘 가리는, 끙차끙차 응가하는 모습마저 너무 귀여운, 우리 멍멍이가 자신의 의지와는 상관없이 뿜어버리면서 짓던 망연자실한 그 표정은 분명 존엄을 잃은 자의 것이었다. 평소 이리 오라고 부르면 절대 다가오지 않고 뽀뽀는 당연히 사양하는, 예쁜 만큼 자존심도 센 우리 멍멍이는 그 상황이 무척 수치스러웠을 것이다. '이보게, 집사 양반, 내 결코 이런 멍멍이가 아니거늘! 대체 내가 무슨 짓을 한 것이오! 이건 치욕이다!'

더불어 집사들도 함께 존엄을 잃어야 했다. 길바닥 위에 액체 상태로 펼쳐진 멍멍이 응가는 닦아내기가 쉽지 않았다. 쭈그리고 앉아 자꾸 행인들의 눈치를 보며 점점 작아지는 기분. 말 그대로 민폐였다.

지금 화장실에서 나 역시 존엄을 잃고 있었다.

다행히 길바닥이 아닌 화장실이라는 밀폐된 공간에서 혼자 일을 치르고 있었지만, 열 번도 넘게 그 과정이 반복되다 보니 그날 멍멍이의 마음을 알 것 같았다. 나란 존재는 무엇인가. 그저 배출을 위해 존재하는 것인가. 몸에서 액체가 쭉쭉 빠져나갈 때마다 나에게 남아 있던 존엄의 일부분도 함께 쓸려나가는 것 같았다.

덩어리라 할 만한 것은 진작에 사라지고 없었다. 어느 순간부터는 오직 액체만이 나오고 있었는데, 그 색깔도 초반에는 짙은 갈색에서 시작되어 어느 순간부터는 투명한 노란빛으로 바뀌고 있었다. 그 정도 단계가 되자 심지어 냄새조차 나지 않았다. 하기야 냄새라는 건 결국 냄새를 유발하는 무언가가 있어야 나는 것인데, 배출의 마지막 단계엔 숫제 물에 가까운 것을 쏟아내고 있었다. 마치 항문

77

으로 소변을 보는 듯한 기묘한 기분이었고, 내 존엄도 거의 바닥을 드러내고 있었다. 이 배출이 내 일이 아닌 양 새삼 신기함을 느끼기까지 했으니, 아무리 세상 처음 하는 일은 그것이 무엇이든 신선함을 느끼는 법이라지만, 이런 일에까지 그런 감정을 느끼는 내가 싫어진 것이다. (그 와중에 그때의 모든 감각을 이렇게 상세히 적고 있는 내 자신이 다시 싫어지려 한다.)

폭풍 설사를 하고 나면 항문이 미칠 듯이 쓰린 이유가 단지 휴지 때문이 아니라는 사실을 이때 처음 알았다. 열심히 물로 뒤처리를 했음에도 불구하고 항문에는 마치 불에 덴 것 같은 통증이 있었다. 물론 휴지로 처리하는 것보다는 자극이 덜 되었겠지만, 통증의 크기가 90이냐 100이냐의 차이일 뿐 괴롭기는 매한가지였다. 혹자는 그 이유가 씻겨져나간 위산이 항문을 자극해서 그런 것이라고 하는데, 사실 나도 정확한 이유는 모르겠다. 아니, 그쯤 되면 알고 싶지도 않다. 그저 제발 멈췄으면 싶은 마음뿐이니까.

다음 날 새벽 5시에 힘겹게 일어나, 같은 과정을 다시 한번 반복하고 병원에 가기 위해 씻을 준비를 하려던 찰나였다. 거울을 보니 기분 탓인지 모르겠지만 상당히 해쓱해 보였다. 어딘가 좀 퀭한 너구리 같았다.

씻기 전 마지막으로 한 번 더 힘닿는 데까지 배출을 하고 나서 이것이 검사 전 마지막 배출이기를 진지하게 바랐다. 진지한 의료 행위이며 서로 이심전심 이해하고 있는 부분이라고는 하나, 그래도 의료진이 마주해야 하는 부위가 부위이니 만큼 의료진에 대한 배려와 존중의 차원에서 가급적이면 깨끗이 세척하고 난 상태로 검사를 받는 것이 예의이다 싶었기 때문이었다. 그러나 나의 바람과는 다르게 병원에 도착하자마자 다시 한번 화장실을 가야만 했다. 소식이 오는 걸 난들 어쩌겠는가. 게다가 장에 무언가가 남아 있으면 검사할 때 걸리적거릴 뿐이다. 쭈르르르룩. 무취의 연한 노란색 액체를 쏟아내고 사회적 배려와 예의도 함께 내려보냈다.

내시경 검사실로 갔더니 검사용 바지를 주며 갈아입고 오라고 했다. 엉덩이 부분이 개방되어 있었고, 그걸 덮는 뚜껑(?)이 붙어 있었는데, 벨크로로 떼었다 붙였다 할 수 있는 구조였다. 간단하지만 목적과 기능에 충실한 디자인에 감탄했다.

바지를 갈아입고 수면 내시경 준비를 마친 다음 검사대에 옆으로 누웠다. '마취 들어갑니다'라는 말과 함께 정신을 차리고 보니 의사 선생님의 '검사 다 끝났습니다'라는 말이 들려왔다.

"많이 아프셨나 봐요. 아프다고 막 소리 지르셨어요."

나는 전혀 기억나지 않았다. 수면마취를 하면 기억은 못해도 의식은 그대로라는 말은 사실인 모양이었다.

"큰 이상은 없지만 작은 용종 두 개가 발견되어 바로 제거했습니다. 용종 클립이 필요 없을 정도로 작은 크기였으니 크게 걱정하실 필요는 없습니다."

의사 선생님은 먼저 간략하게 결과를 말해주셨다. 다만 내가 그걸 제대로 들을 정신머리가 아니었다는 게 문제였다. 마취가 덜 깨서 그런 게 아니었다.

"선생님, 근데 배가 너무 아픈데요."

"검사 도중에 공기를 주입해서 그렇습니다. 회복하시는 동안 방귀를 많이 뀌세요. 금세 괜찮아질 겁니다."

침대가 회복실로 옮겨졌다. 회복실 벽면에는 '방귀가 수월하게 나오는 자세'를 보여주는 그림이 붙어 있었다.

방귀가 나오지 않아 통증을 느끼며 한참을 기다려야만 했다. 마침내 방귀가 나올 때 처음에는 짧게 변죽만 울리더니, 얼마 지나지 않아 아주 길고도 긴, 그리고 세상에서 가장 기분 좋고 시원한 방귀가 여러 번 나왔다.

검사 결과를 자세히 듣기 위해 재방문할 때까지 며칠간 설사가 이어지긴 했지만, 시간이 흐르자 자연스럽게 나아졌다. 어쨌든 용종을 제거했으니 당장의 내재된 위험은 어느 정도 제거가 되었겠지만, 용종이 언제든지 다시 생겨날 수 있으니 좀더 짧은 주기로 검사를 받아야 할 필요성도 생겼다.

'그것 봐라. 검사 받길 잘했지' 하며 의기양양해 할 장인어른 장

모님의 만면의 미소가 그려졌다. 이젠 어떤 검사든지 받으라고 하면 가기 싫어서 차일피일 미룰 수도 없게 되어버린 것이다.

중년의 형이하학

남자의 존재 가치는 무엇인가

그날도 시작은 좋았다. 여느 주말 밤과 다름없이 우리 부부는 좋은 시간을 보내려던 중이었고, 성공적인 준비 작업을 거쳐서 본 방에 들어갔지만 흥행은 참패였다. 초반의 그 좋았던 기세가 무색하게 내가 그만 꼬무룩해지고 말았던 것이었다.

아내의 성원에 힘입어 재도전을 해보았지만, 역시 마찬가지였다. 기세 좋게 시작해서 본방에 들어가자 다시 한번 꼬무룩해지고 말았다.

그날의 흥행 참패는 나에게 굉장히 큰 충격이었다.

그전에도 몇 번의 증상과 조짐이 있기는 했다. 하지만 이런저런 이유에서 몸 컨디션이 안 좋았기 때문에 그게 원인이겠거니 하고 넘겼지만, 문제의 그날은 컨디션도 매우 좋았고 다른 걱정거리도 별로 없는 최상의 상태였기 때문에 이제는 빼도 박도 못하고 몸에 이상이 있다는 사실을 인정해야만 했다. 지난번까지 포함하면 무려 네 번 연속이었으니까.

원래 괴로운 현실은 받아들이기 힘든 법이다. 게다가 내게 그런 일이 찾아오리라고는 단 한 번도 상상조차 해본 적이 없었기 때문에 더더욱 힘들었다. 모텔을 대실하면 카운터에서 전화 올 때까지 기본 다섯 번은 거뜬했었고, 그건 한창 주체 못할 에너지가 쏟아지던 20대뿐만 아니라 40세에 결혼하기 직전까지도 주욱 이어져 왔었다. 게다가 남들은 발기부전이 올까 봐 복용을 망설이던 탈모 치료제인 피나스테리드를 몇 년간 장복하고도 아무런 문제가 없었던 내가 아니었던가. 그러니 죽는 날까지 건강한 성생활을 하겠다는 원대한 꿈을 세울 수 있었고, 또한 그것을 위해 담배마저 끊지 않았던가.

그랬는데, 그렇게까지 했는데…… 그런 적극적인 노력에도 불구하고, 결국 내게도 찾아오고야 말았다. 발기부전이.

연이은 꼬무룩에 마음도 시무룩해져서 누워 있던 나에게 아내는 위로의 말을 건넸다.

"오빠, 너무 걱정하지 마. 얼마 전부터 운동도 시작했으니까 괜찮아질 거야."

"아니야. 일단 내일 병원부터 가봐야겠어. 운동도 운동인데, 이렇게까지 연속으로 그런 걸 보면 혹시 다른 문제가 생긴 걸 수도

있으니까 일단 그것부터 먼저 확인해야겠어. 얼마 전 위기가 왔을 때는 D컵 여대생을 상상하면 힘이 나곤 했는데, 이젠 그것조차 소용없었어. 정말로 몸에 이상이 생긴 걸지도 몰라. 흑."

내 푸념을 들어주던 아내는 D컵 여대생 대목에서 그만 빵 터지고 말았다.

"푸하하. D컵 여대생이 요즘 오빠의 가장 원초적인 판타지였던 거야? 근데 지금 상태를 봐서는 그렇게까지 걱정할 단계는 아닌 것 같은데."

"벌써 연속해서 네 번째잖아. 게다가 이건 보기보다 심각한 문제라고. 성기능장애가 생겼음에도 적극적인 치료를 하지 않는 건 심지어 이혼 사유까지 될 수 있단 말이야."

"하하하. 알았어. 그럼 오빠 뜻대로 병원 다녀와. 근데, 너무 걱정하지 마. 만에 하나 이 문제가 해결되지 않아도 그까짓 거 내가 의리로 계속 살아줄게."

"엉엉. 그게 더 슬프다. 남은 인생 그거 못하고 사는 건 생각조차 해본 적 없었다고. 그래서야 떨어지는 벼락을 세 번 연달아 피하고 로또와 연금복권을 함께 샀는데 둘 다 당첨될 확률로 D컵 여대생이랑 우연히 로맨스가 생기더라도 제대로 안을 수조차 없게 되는 거잖아. 너무 비참해."

"후훗. 그건 그냥 최악의 상황이 그런 거고, 병원 가서 검사받고 운동도 열심히 하고 그러면 금세 좋아질 테니까 걱정 말고 병원이나 다녀오시구랴."

아내는 나를 위로하며 함께 누워서 집 근처의 비뇨기과를 검색해주었다.

다음 날 아침, 멍멍이 산책을 제외한 모든 일상의 일들은 제쳐두고 아침 식사까지 거른 채 비뇨기과로 그야말로 '쪼르르' 달려갔다.

"네. 중년이 되면 흔히들 하게 되는 고민이죠."

나의 증상에 관해 경청하시던 의사 선생님이 처음으로 내뱉은 말이었다. 감기만큼이나 일상적인 질환을 이야기하는 것처럼, 대수롭지 않은 듯한 의사 선생님의 반응에 가벼운 충격을, 그리고 내가 중년이라는 말을 들어도 이상하지 않은 나이가 되었다는 사실을 새삼 자각하고서는 제법 큰 충격을 받았다. 이런 식으로 나이듦을 인식하게 될 줄이야.

사실은 잊고 있었다. 내 마음속 나이는 육체적 나이와 무관하게 여전히 스물여덟 살 언저리에 머물러 있었기 때문이다. 또 결혼한 지 3년밖에 되지 않은 신혼이라는 사실이 분명 한몫했을 것이다. 게다가 딩크족으로 살기로 했기에 자식은 없고, 하는 일이 있기야 하지만, 제대로 자리 잡히지 않아 위태로운 상태여서 더더욱 그런 심리적 나이에 머물러 있게 되지 않았나 추측해볼 뿐이다. 보통은 이 나이쯤 되면 대출을 끼더라도 자가 혹은 전세라도 살 집을 마련하고, 학교를 다니는 자녀들이 있고, 또한 직장을 다닌다면 과장 혹은 빠르면 차장까지도 바라볼 나이지만 그건 나와는 거리가 먼 삶의 모습이니까.

결국 그날의 진료는 계속 진행 중인 나의 노화와 정면으로 마주하는 시간이자, 내가 청년에서 중년으로 접어드는 시간대를 살고 있음을 인정하는 시간이었다. 몸이 내게 보내고 있는 신호를 보다 진지하게 받아들이고 본격적으로 몸을 관리하고 돌보아야 할 때가 되었다는 걸 깨닫는, 조금은 비장하기까지 한 시간이었다.

의사 선생님의 의견에 따르면, 초기 발기에는 문제가 없으니 혈관 문제는 일단 배제해도 좋을 것 같다는 의견이었다. 또 척추의 신경 압박은 걱정할 바가 아니라는데 사실 신경 압박이 문제가 되려면 발기 이전에 다른 부분에 더 큰 불편이 올 정도가 되어야 한다고 한다. 결국 남은 가능성은 운동 부족으로 인한 심폐지구력 약화, 복부비만과 혈관의 지방 축적 및 그로 인한 혈류량 감소가 원인일 가능성이 훨씬 크고, 당장은 초음파 등의 검사를 해봐도 의미 있는 결과가 나오지 않을 거라고 했다.

따지고 보면 결국 이것도 지난번의 척추디스크 문제와 같은 유형이었다. 젊고 어릴 때는 그저 넘치는 에너지로 대충 살아도 큰 문제가 없었지만, 신체의 활력과 기능이 점점 약해지자 수면 아래 숨어 있던 문제들이 점점 수면 위로 떠오르고 있는 상황인 셈이다. 나이가 들면서 몸이 내게 보내고 있는 신호가 하나둘 늘어가는 것을 보면, 오랜 기간 연체됐던 건강의 청구서가 하나둘씩 내 앞으로 도착하고 있는 것만 같았다.

의사 선생님은 발기 문제에 관해 비아그라 계통의 복제약을 처방해주셨다. 운동과 체중 감량으로 예전의 성기능을 어느 정도는 회복할 수 있겠지만, 그때까지는 당분간 약이 필요할 것이고, 안전하고 제법 효과도 좋다는 이야기를 덧붙이셨다. 혹시 장복하면 내성이 생기는 건 아닌지 물었더니, 이미 장복하는 사람들도 많고 딱히 내성은 보고된 바 없으며 다만 심리적인 의존은 생길 수 있다고 했다. 나는 이왕 공복 상태로 갔으니 혈액검사까지는 받아보겠다고 하여 채혈을 했다. 나이 들면 떨어질 수 있다는 남성호르몬 수치도 크게 문제없는지 궁금했기 때문이다.

담담한 마음으로 처방받은 약을 구입하고 집에 돌아가 아내에게 그간의 경과를 설명했다. 결국 운동하고 살 빼는 것이 정답인 듯싶다고 했더니, 아내는 역시 그것 보라면서 샐러드 정기배송을 주문해주었다. 지금 하고 있는 이런저런 운동에 저녁 한 끼만이라도 식단을 조절하면 좀더 빠르게 효율적으로 살을 뺄 수 있을 거라는 말을 덧붙이면서. 발기부전까지 찾아오다니, 이제는 더 이상 슬렁슬렁 여유롭게 운동을 할 수 있는 상황이 아니었다.

그날 밤 나는 아내 옆에 누워 자조적으로 말했다.

"그러고 보면, 이성이니 감성이니 그런 게 죄다 무슨 소용인가 싶어. 어쩌면 세상은 결국 아랫도리로 움직이는 건지도 몰라. 아니, 만약 세상 모두가 그렇다 말할 수 없다고 해도, 최소한 나는 '형이하학적'인 인간인 건 분명한 것 같아. 아랫도리 때문에 내가 독한 마음을 먹고 운동과 다이어트를 본격적으로 더 열심히 하게 되었으니까."

"ㅋㅋㅋ. 당신의 리비도가 당신을 바른 길로 이끌고 있네. 못 끊을 것 같던 담배도 끊게 만들고, 그렇게 싫어하던 운동도 하게 만들었으니까."

문득 영화 〈음란서생〉의 한 부분이 생각났다. 큰 사고(!)를 치고 하옥되어 고문을 받다가 도주하던 김장령과 그 패거리를 잡은 조내관이 김장령에게 "아래에서 오는 영을 따르면 모든 것이 잘 못되니 머리에서 오는 영을 따르라고 항상 말하지 않았냐"며 조소하자 김장령은 "그건 자네가 아래에서 오는 영이 없으니 그런 게지"라며 받아치는 장면은 꽤나 의미심장하다. 그리고 그 조내관은 죽어가며 마지막으로 '가슴에서 오는 영도 있더라'는 말을 남긴다. (못 보신 분들은 한번쯤 보기를 추천한다. 낚시성 제목과는 달리 꽤나 수작이다. 특히 영상미가 정말 끝내준다. 현장의 빛을 얼마나 잘 살렸는지 장면 하나하나가 아름답다.)

아내의 말이 맞다. 그 영이 나를 좋은 쪽으로 이끈다면 그 영이 어디에서 오건 뭐 아무렴 어떠랴.

기적의 파란알약

화이자에
축복
있으라!

내가 대학을 다니던 1990년대 중반, 그러니까 지금으로부터 20년도 더 된 이야기이다. 온갖 잡기에 능하던 대학 동기가 얼큰하게 술에 취하면 꽤나 자주 부르던 노래가 두 곡 있었는데, 둘 다 제목이 '정력가' 혹은 '정력송'쯤 될 것 같은 곡이었다. 그중 하나는 〈내게 강 같은 평화〉라는 경건한 노래의 가사를 '내게 뱀 같은 정력'이라는 불경하기 짝이 없는 가사로 바꾸어 부른 노래이고, 또 다른 한 곡은 올드 팝 〈One way ticket〉 곡에 맞추어 부르는 노래인데, 가사를 적어보면 대략 아래와 같다.

날아가던 새가 왜 떨어지나.
지나가던 개가 왜 쓰러지나.
그것은 바로 정력. 정력 때문이지.

뱀 먹어봐요. 뱀 먹어봐요.

자라 먹어봐요. 자라 먹어봐요.

물개 먹어봐요. 물개 먹어봐요.

우우 우~우~우~우~

지금 와서 생각해보면 원초적이고 유치한 노래들이지만, 그땐 처음 접해본 코믹송이었던 데다 당시 유행하던 엽기 코드와 맞아떨어져서 꽤나 좋아했던 기억이 난다. (그 친구는 그 곡들 말고도 '김일병 Song'이라든지 재미난 것들을 많이 알고 있던 친구였는데, 연락이 끊긴 지 한참 되었다.)

물론 이 노래들은 유명한 곡에 골 때리는 가사를 붙여서 웃기려고 만든 곡이지만, 당시의 세태를 반영해서 제법 신랄한 풍자를 담고 있기도 하다.

'보신 관광 열기 다시 기승' 1991. 8. 30. 경향신문

'불치병인가! 졸부들의 해외 보신 관광. 방콕 뱀탕집 한국인 북새통 추태' 1991. 7. 4. 경향신문

'동남아 보신 관광 또 망신' 1996. 7. 13. 동아일보

'부끄러운 곰 밀렵 보신' 1997. 5. 9. 경향신문

90년대 중반. 잊을 만하면 신문지상에 심심치 않게 등장하던

기사 제목들이다. 지금이야 저런 식의 추태는 찾아보기 힘들지만, 그때는 여행 코스에 보신 음식을 먹으러 이곳저곳을 방문하는 일정이 들어 있었다. 심지어는 신선한(!) 웅담을 먹기 위해 곰 밀도살을 시도하다 적발되어 동남아 현지에서 강제 추방된 사례까지 있었다. 고개를 푹 숙이고 얼굴을 가린 채 입국하던 주인공들에게 항공사 직원과 공항 직원들이 입국 게이트 양쪽으로 도열하여 열렬한 박수를 보내던 장면이 TV에 방송되기도 했었다.

당시 기사들을 좀더 살펴보면 보신 관광은 꽤나 살벌했는데, 앞서 말한 것처럼 곰을 도살해서 먹기도 했지만 살아 있는 곰의 쓸개에 주사바늘과 호스를 꽂아 산 채로 쓸개즙을 채취하기도 했다. 자라, 뱀은 양반이요, 심지어 맹독성 코브라까지 잡아먹었다. 독이 셀수록 몸에 좋다고 생각하기라도 한 것일까.

이쯤 되면 눈치챘겠지만, 사실 당시 먹었던 야생동물의 대부분은 그저 몸에 좋아서라기보다 '정력'에 좋다는 속설이 있던 동물들이다. 역시나 그놈의 정력 문제는 인류의 오랜 숙제였던 모양이다. 그런 의미에서 그들의 추태를 그나마 조금이라도 이해해보려고 노력을 해본다면, 어쩌면 약해진 정력을 되돌릴 방법은 없으니 지푸라기라도 잡는 심정 아니었을까. 물론 그들의 방법은 한참 잘못된 것이지만 말이다.

알약 한 알이면 비록 일시적이긴 해도 발기에 별다른 문제가 없는 시대를 살고 있는 요즘조차 발기부전이 찾아오면 참으로 당혹스러운데, 그런 해법조차 없던 그 시절에야 오죽했으랴. (어쩌면 당시 그 노래를 히히덕거리며 부르던 우리는 20년쯤 지나서 자신들에게 찾아올지도 모를 불안한 미래를 자조적으로 노래하고 있었던 것인지도 모른다. ㅎㅎㅎ)

그런 의미에서 1998년 세상에 처음 비아그라가 소개되었을 때, 전 세계의 중년 남성 및 예비 중년 남성, 그리고 그들과 함께 즐거움을 나눌 여성, 아니 전 인류에게 축복이 내려진 것과 다름이 없었다. 거기에 정력제로 소비되기 위해 목숨을 잃을 뻔했던 수많은 야생동물들에게도 축복을 내린 셈이다.

인류와 동물들을 구원한 화이자에 축복 있으라!

그래서일까. 2000년대 들어서는 보신 관광이 문제가 되었다는 이야기가 상당히 줄었다. 사람들의 의식 수준이 높아진 이유도

있겠지만 비아그라가 크게 한몫했다는 것은 결코 부정할 수 없다. 의학적으로 검증되어 안전하고 저렴한 약품이 있는데 구태여 위험한 일을 벌일 이유가 없으니 말이다.

비아그라가 세상에 나오던 무렵, 나는 거기에 큰 관심은 없었다. 다만 '세상에 그런 약이 있다니, 참으로 신기하다' 생각했을 뿐, 당장은 20대 혈기 왕성하던 시절이었으니 말이다.

그로부터 6, 7년의 시간이 흘러 회사에 입사해서 사원으로 근무하던 어느 날엔가 회식 자리에서 차장님 과장님 대리님 셋이서 사이좋게 파란 알약(비아그라)을 슬쩍 나누어 드시던 걸 보고 별문제도 없으실 텐데 구태여 뭐 하러 그걸 드시냐는, 지금 와서 생각해보면 참으로 '남의 속도 모르던' 소리를 했던 적이 있다. 그때 30대 후반의 유부남 대리님은 "너희들은 아직 안 먹어도 괜찮지, 우리 나이 되어봐라. 안 먹으면 힘들다"라는 말로 화답했더랬다.

그때의 내 마음은 '설마 나에게 그런 일이 있을까' 정도의 심정이었다. 그래. 솔직히 언젠가는 먹어야 할 수도 있다고 생각하긴 했지만, 그 시기는 60대 중반쯤이 아닐까 싶었던 것이다. 하지만 나의 예상(혹은 바람)과는 달리 거의 20년이나 일찍 그 약을 처방받는 상황을 맞이하고 말았다. 딱 그분들의 그 시절 나이와 비슷하게 말이다. 역시 사람의 앞일은 모른다.

파란색 마름모꼴 알약을, 그것도 합법적이고 정상적인 과정을 통해 입수하여 손에 쥐고 보니 꽤나 호기심이 동했다. 물론 소위 말하는 '정력제'가 아님을, 최음 효과 따위는 더더욱 없다는 사실을 매우 잘 알고 있기는 했다. 하지만 써본 적 없는 약이니 약효(그것도 용도가 용도이니 만큼)가 궁금하지 않을 수 없는 노릇 아닌가.

　아내와 가장 빠른, 가능한 날을 그야말로 '협의'했다.

　아내와 일정을 '협의'하는 상황도 상당히 '웃프다'. 결혼 전만 해도 결혼해서 함께 살면, 특히 신혼 때는 밥 먹다가 눈만 맞아도 막 삐리리해서 식탁 위에서도 하고 그럴 줄 알았는데, 막상 함께 살아보니 그런 일은 단 한 번도 일어나지 않았다. 살아보니 각자 약간은 다른 생활 패턴이 있는 데다 먹고살기 위해 열심히 일하다 보니 평소 같이 있는 시간은 퇴근한 이후의 잠깐 동안뿐이고, 다음 날 출근 압박이 있으니 평일 밤에 거사를 치르기에는 꽤나 부담스러웠다. 그나마 함께 붙어 있을 수 있는 건 주말인데, 그때에도 일하러 나가거나, 또는 주중에 못했던 이런저런 일들을 처리하다 보면 타이밍을 맞추기가 좀체 쉽지 않았다. 그래서 한번 하려면 어느 정도의 '협의'가 필요하게 되었고, 굳이 말로 하지 않아도 최소한 서로의 일정을 평소 이야기하면서 괜찮은 타이밍을 가늠하는 것이다. 연애하던 시절 일주일에 겨우 한 번 만나서 하던 것보다 횟수가 더 줄어버렸으니 아이러니 아니겠는가. (아! 이

거 원래 그런 건가?ㅋㅋ)

어렵사리 아내와 약속한 날, 일을 치르고 나는 오랜만에 크게 만족했다. 약을 먹었다고 해서 성감이 커진다거나 자극에 더 민감해지는 등의 효과는 없었다. 다만 발기를 유지시키는 것만큼은 효과가 분명해서 실로 오랜만에 연애 시절처럼 끈적하고 행복한 시간을 즐길 수 있었다.

확실히 화이자가 비아그라로 돈방석에 오른 건 다 이유가 있었던 거였다.

그 후에도 몇 번 더 약의 효능에 힘입어 즐거운 시간을 보내고 보니 문득 궁금해졌다. 비아그라의 특허가 만료되었을 때, 온갖 다양하고 기발한 작명 센스를 가진 복제약들이 우후죽순처럼 출시되었고, 시알리스처럼 조금 다른 성분을 가진 약도 출시되었던 것이 기억났다. 이왕 약을 쓸 거, 조금 더 다양한 효과를 경험해보는 것도 나쁘진 않을 듯했다.

인터넷을 검색해보니 시중에 유통되는 여러 발기부전 치료제를 직접 체험해보고 그 차이를 정리해둔 용자마저 있었다. 실제로 그 글은 정말 많은 도움이 되었다. 다음번에는 어떤 약을 처방 받아서 써볼까 하는, 행복한 듯, 하지만 사실은 행복하지만은 않은 고민을 하고 있던 와중에 흥미롭게도 짝퉁 비아그라에 관한 기사들이 눈에 띄었다.

하긴, 그 세계 역시 상당한 규모의 시장(?)이다. 심지어 정식으로 처방되는 약의 규모를 넘어서고 있다는 기사마저 있을 정도니 말이다. 스팸메일함을 열어보면 '비/아/그/라'라는 키워드가 제목에 들어 있는 광고 메일이 수두룩하고, 공중 화장실을 가보면 남성용 변기 위에는 거의 항상 '시원한 소변, 강력한 파워! 발기부전, 전립선 고민 끝! 소변 콸콸! 비아, 씨알 미제 정품' 등등의 아주 솔깃한(ㅋ) 키워드들이 나열된 명함을 발견할 수 있다. 분명 상당히 돈이 되니까 불법임에도 불구하고 가짜 약이 기승인 게 틀림없다.

그중 몇몇 기사를 살펴보는데 어느 한 기사에 달린 댓글이 상당히 인상적이었다. 밀수 유통책이 적발되어 처벌받게 된다는 내용의 기사 말미에 달린 아주 진지한 내용의 댓글이었다. 가격도 가격이고 약빨도 약빨인데, 댓글 쓴 자신은 정작 다른 이유에서 짝퉁 약을 찾는단다. 큰맘 먹고 창피함을 무릅쓰고 비뇨기과에 들러 처방전을 받아서 나오는데 여자 간호사들이 자길 보고 키득키득 웃고 있더란다. 그 일이 있은 후부터는 더 이상 병원에서 처방받지 않는다는 이야기였는데, 나는 그 사람이 안타까웠다.

어쩌면 그건 단순히 그의 자격지심이었을지도 모르기 때문이다. 그 간호사들은 모든 환자들에게 그러하듯 그저 '친절한 미소'를 보내고 있었을 뿐인데, 스스로 위축되어 그것을 일종의 비웃음으로 느꼈던 것은 아닐까. 물론 이 아랫도리 문제가 사람에 따라서는 남들 앞에서 꺼내기가 상당히 껄끄럽고 창피한 일일 수 있다는 점은 공감한다.

하지만 조금만 달리 생각해본다면 이것 역시 질병 분류기호가 부여된 하나의 질병일 뿐, 감기나 배탈 혹은 고혈압처럼 병원에 가서 치료법을 찾는 것은 너무나도 당연한 일이다. 그러니 얼마든 시 당당해져도 좋다. 누구나 나이는 먹는 것이고 빠르든 늦든 남자라면 누구에게라도 찾아올 수 있는 질병이니 말이다. 만에 하나 그 간호사들이 진짜로 환자를 향해 비웃음을 짓는다면, 함께 웃어주면 된다. 그들의 철없음을 비웃으며 말이다. 또한 그 자리에서 병원장에게 클레임을 걸기 바란다. 누구보다 신속하고 강력하게 그 문제를 해결해줄 것이다.

그러니 부디 정식으로 병원에서 처방받은 정품을 사 드시길 권한다. 내 몸에 들어가서 이런저런 약리 효과를 내는 약품인데, 어떤 환경에서 어떤 원료로, 어떤 과정을 거쳐서 생산된 것인지 알지도 못하는 그런 약물을 드시고 싶으신가. 특히 짝퉁 약을 먹는 이유가 단순히 가격 때문이라면 더더욱 제 돈 주고 정품을 드시기 바란다. 고작 몇 푼 되지도 않는 돈 아끼려다가 고자가 될 수도 있고, 혹은 독성으로 몸 어딘가가 크게 망가지지 않는다는 보장은 할 수 없으니 말이다.

PSA 수치? 그건 또 뭐래?

혈액검사
결과가
수상하다

고속도로를 달리는 중이었다. 내비게이션으로 사용 중이던 휴대폰에서 문자가 도착했다는 알림음이 울렸다. 휴대폰을 거치대에서 분리해서 옆에 있던 아내에게 건네주고는 내용을 읽어달라 부탁했다.

"비뇨기과에서 온 모양인데? 검사 결과가 나왔대."

아내의 말에 비뇨기과에 혈액검사를 의뢰했던 것이 떠올랐다.

"뭐래? 정상이래?"

"몰라. 그냥 결과 나왔으니 내원하라는데? 잠깐만, 사진이 한 장 첨부돼 있네. 검사 결과서인가 봐. 어라, 근데 뭔가 하나가 빨간색인데?"

파란 알약 덕에 제법 만족스러운 상태인 데다 다이어트도 본격적으로 시작한 터라 그놈의 '꼬무룩' 문제는 어느 정도 해결되어가는 중이라고 생각하며 잘 지내고 있었는데, 검사 항목 중 하나가 정상범위를 벗어났다고 하니 가슴이 두근거렸다.

"어떤 게 빨간색이야? 수치가 얼마나 벗어나 있는데?"

"PSA라는 수치야. 정상범위가 4.0ng/ml 이하라는데 검사상 수치는 4.30ng/ml가 나왔어 프로락틴은 10.10ng/ml라서 딱 중간쯤이고. 테스토스테론은 2.96ng/ml라는데 연령 범위상 정상범위라고 써 있기는 한데 좀 낮은 쪽에 가까운 듯해."

"PSA? 그건 또 뭐래?"

내가 묻기도 전에 아내는 이미 PSA가 무엇인지 열심히 휴대폰으로 검색하고 있었다.

"PSA는 Prostate Specific Antigen의 약자로 전립선 특이항원의 혈중농도를 측정한 값이다. 원래 PSA는 전립선에서 정상적으로 생성되는 물질이지만 이 수치가 4.0ng/ml를 넘기면 전립선암을 포함한 전립선염, 전립선 비대증이 있을 가능성이 있으니 좀더 정밀한 검사를 받아볼 필요가 있다."

아내는 운전하는 나를 대신해서 PSA 수치에 대해 요약해서 읽어주었다.

설명을 듣고 나니 어쩌면 지금의 발기부전 문제의 원인이 전립선에 있을 가능성 역시 배제할 수는 없겠다는 데 생각이 미쳤다. 전립선암까지는 아니더라도, 전립선염이나 전립선 비대증은 의심해볼 만한 것 아닌가 싶었다. 특히 전립선 비대증은 빈뇨 혹은 야간뇨를 유발하기도 하니 의심해야 할 이유는 더 커졌다.

　나는 평소에도 자주 화장실을 가는 편이다. 특히 비행기에서 화장실을 자주 가는 남편을 위해 자리에서 일어나서 비켜줘야 하는 수고로움을 감수해야 했던 아내는 '우리 남편은 방광이 참 작은 사람이구나'라고 생각했단다. 야간뇨 증상도 심해졌다. 예전에도 종종 화장실을 가기 위해 새벽에 잠을 깼지만 최근에는 거의 한 달 가까이 계속됐다. 겪어본 사람들은 알 것이다. 야간뇨는 특별히 아프진 않지만 상당히 귀찮고 짜증나는 증상이다. 한창 잘 자다가 소변이 마려워 깨면 정말이지 미치도록 귀찮다. 살포시 잠이 깬 상태에서 매우 심각한 고민을 해야만 하기 때문이다.

　'추운데 이불 밖으로 나가서 화장실을 꼭 가야만 하는 것인가. 조금 마렵기는 하지만 이대로 잠들 수는 없을까. 다시 잠들지 못하면 마려운 게 신경 쓰여서 점점 더 잠이 깨어올 텐데 차라리 그 전에 비몽사몽 다녀오는 게 나으려나. 그럼 만약 지금 일어나서 화장실을 간다면 잠이 더 많이 깨기 전에 무사히 잘 다녀올 수 있을까. 재수없어서 정신이 맑아지면 그때는 잠들지 못할 텐데. 만약 진짜로 다시 잠들지 못하면 어쩌나. 하루 종일 피곤한 채로 보내는 거 정말 싫은데.'

　결국은 귀찮아도 화장실을 얼른 다녀오는 것이, 그러니까 이 고민을 일찍 끝내고 다시 평화로운 마음으로 잠을 청하는 것이 훨씬 유리하겠다는 결론에 도달할 때쯤이면 정신은 더 또렷해지는 아이러니를 겪어야 한다.

한밤중에 화장실에 다녀와서, 30분 이내에 다시 잠이 들 수 있다면 그날은 굉장히 운이 좋은 날에 속한다. 다시 잠들기 위해서 한두 시간 이상 뒤척여야 하는 날이 훨씬 더 많고, 어느 날은 잠이 잠이 깬 채로 알람시계 소리를 듣기도 한다. 그런 날은 수면의 절대량이 부족하게 되고, 설령 다시 잠들더라도 수면의 질은 현저히 떨어질 수밖에 없다.

결국 야간뇨는 삶의 질을 매우 떨어뜨린다.

그때까지만 해도 이것이 '건강상의 문제'라는 생각은 별로 하지 못했다. 그저 삶에 좀 불편이 있을 뿐, 어딘가 당장 아픈 것도 아니니 병원에 찾아가기도 뭐한 상황이랄까. 게다가 지난번 신장결석을 치료했을 때 의사 선생님께 이야기를 했더니 나이가 들면 흔히 올 수 있는 증상이라고 했으니 말이다.

하지만 아내의 PSA에 대한 설명을 듣자 생각이 좀 바뀌었다. 그 증상의 원인이 만에 하나 전립선염 혹은 전립선 비대증에 의해 발생했다면 이건 분명 치료해야 할 증상이 된다. 야간뇨 자체는 병이 아니라도 전립선염 또는 비대증은 병이니 말이다. 게다가 이 병은 발기부전을 동반하는 비율이 꽤 높다. 여기까지 생각하니 마치 모든 퍼즐이 풀리는 듯한 일종의 쾌감마저 느껴졌다. 모든 수수께끼는 풀렸어. 범인은 바로 그것이야!

이 모든 증상들이 전립선을 지목하고 있었다. 애꿎은 나의 뱃살과 맛 좋은 음식들은 이제 누명을 벗을 수 있는 것인가. 다른 검사들을 더 해봐야 하는 가설단계이지만 이미 마음속으로는 전립선을 범인으로 지목하고 있었다.

목적지에 도착할 때까지 한 시간 가까이 '중년 탐정'으로 빙의한 나는, 2년 전의 그 비뇨기과 의사 선생님을 포함한 모든 의사들에 대한 성토를 하지 않을 수 없었다.

'2년 전 그때 빈뇨와 야간뇨에 대해 상담했던 그 의사 선생님은 그냥 나이 들면 자연적으로 생겨날 수 있다며 대수롭지 않게 대답하고 넘겼는데, 환자가 불편을 호소하면 좀더 신중하게 듣고 여러 가지 가능성에 대해 검사를 했어야 하는 것 아닌가. 그때 만약 그랬다면 지금처럼 꼬무룩 증상이 없었을지도 모를 일이고, 야간뇨도 지금처럼 심해지지 않았을 텐데. 게다가 예전의 그 접이불루 상태 때 먹었던 그 약도 전립선에 작용했던 것 같은데, 그렇다면 더더욱 전립선을 의심했어야 했던 건 아닌가. 하여간 의사들은 다 똑같다. 무언가 강하게 어필하지 않으면 환자들이 말하는 증상은 흘려듣기 일쑤지. 역시 내 몸을 가장 열심히 돌볼 사람은 나밖에 없나 보다. 그러니 내 몸이 가진 증상들에 대해 나 역시 열심히 공부하지 않으면 안 되는 거다.'

성토는 이어졌다. 우리 멍멍이를 오진해서 허구한 날 혈액검사 한답시고 피 뽑고 각종 영양제와 보조제를 권해서 사게 만들었던 수의사, 신장결석 초기 통증이 있어 동네병원을 방문했었지만 문진만으로 근육이완제를 처방했던 의사 선생님, 척추디스크를 오진해서 허벅지에 물리치료 처방만 계속했던 그 페이닥터까지. 이번 전립선 수치도 그렇다. 의사 선생님이 발기부전 치료제만 처방하려는 것을 내가 남성호르몬 수치도 궁금하다고 해서 검사를 의뢰해서 발견한 것 이던가.

아프면 믿을 사람이라고는 의사밖에 없다. 하지만 그들도 사람인지라 완벽하게 믿을 수 없다. 그들의 의견을 신뢰해야 하지만 한편으로는 의심해야 하는 상황. 어딘가 아플 수밖에 없는 우리가 겪을 수밖에 이율배반적인 인생이여!

주말이 지나고 비뇨기과를 재방문했다. 의사 선생님은 PSA 수치가 엄청나게 높은 건 아니지만, 어쨌든 정상범위를 벗어난 수치이기는 하니 초음파검사를 비롯한 각종 검사를 한번 받아보는 것도 좋겠다는 이야기를 했다. 그런데, 그것보다 테스토스테론 수치가 낮게 나온 게 더 신경 쓰이는 상황이 되어버렸다.

의사 선생님 말로는 정상 수치이기는 하나 그 정도의 수치는 갱년기 남성에게서나 보이는 정도의 낮은 수치란다. 갱년기 남성이라니. 요즘 야동 볼 생각이 별로 안 들었던 것도, 어쩌다 봐도 심드렁했던 것도 다 그것 때문이었나 싶은 생각이 들었다. 나는 단순히 결혼하고 나서 굳이 찾아보고 싶지 않아져서 그런 줄로만 생각했는데······.

　남성 호르몬 문제에 대한 처방으로는, 주기적으로 호르몬 주사를 맞는 방법이 있다고 한다. 그러나 그 방법은 현재 시점에서는 그다지 쓸 만한 방법은 아닌 듯싶었다. 남성 갱년기가 올 정도의 나이도 아니고, 관련 증상도 없었으니 말이다. 어딘가 크게 몸에 이상이 생긴 것이 아닌 상태에서 호르몬 수치가 그렇게 나왔다는 것은, 내 몸이 그 혈중 농도를 '균형 상태'로 받아들이고 있기 때문일 수도 있었다. 그렇다면 외부에서 테스토스테론이 주입되어 인위적으로 농도를 높였을 때, 그것이 오히려 몸 상태를 더 교란시킬지도 모를 일이니 신중할 필요가 있었다. 차라리 시간이 오래 걸리더라도 웨이트 트레이닝이나 음식 조절을 해서 균형점을 위로 끌어올리는 것이 더 자연스러운 방법이라는 생각이 들었다.

　의사 선생님은 더 큰 병원을 가보라며 진료의뢰서를 한 장 써주셨다. 진료의뢰서를 손에 드니 참으로 마음이 무거웠다. 큰 이상은 아닐 것이라는 확신은 있었지만, 왜에에~ 하필 전립선이란 말인가!

전립선을 검사하는 첫 번째 방법

슈뢰딩거의
전립선과
그 열쇠

    역시나. 내 아내는 전립선을 어떻게 검사하는지 전혀 모르고 있었다. 그래, 모르는 것이 당연하다. 평생 검사 받은 일도, 앞으로 그럴 일도 없을 테니. 그 방법을 몰라도 사는 데 지장 없고 굳이 알아야 할 이유도 없을 테니 말이다. 대부분의 여자들은 남편 혹은 남자친구가 따로 설명해주지 않는다면 모르는 경우가 태반일 것이다. (보통의 남성들은 그걸 디테일하게 설명하지 않을 것이다. 그 과정은 어찌 되었든 굴욕적이니까.) 게다가 심지어 남자인 나조차도 20대 초반까지는 어떻게 검사를 하는지 전혀 몰랐다.

    그런 의미에서 아내는 전립선 '촉진'이라는 말을 들었을 때 자못 이해되지 않는다는 표정을 지었다. '아니, 대체 그걸 무슨 수로 만져본단 말인가?'라는 표정이었다. '직장 수지검사' 방법을 들은 다음에는 '설마?' 하는 미묘한 미소를 지었다가, '진짜?' 하면서

재차 되물었다. 그 물음에 진심을 담아 긍정하는 내 모습을 본 아내는 이내 빵 터져서 한참 웃었다.

'직장 수지검사'에 대해 부연 설명을 하자면, 전립선은 몸 안쪽 깊은 곳에 감춰져 있어서 검사하기 쉽지가 않은데, 직장을 통해 접근하면 직장의 얇은 벽을 사이에 두고 만져볼 수 있기 때문에 그렇게 검사를 한다.

여전히 이해되지 않는 미경험자 분들을 위해 더 적나라하게 설명을 하자면, 전립선을 검사하는 가장 기본적인 방법은, 환자의 항문에 의사 선생님이 손가락을 넣어서 직장 벽 너머로 만져지는 전립선의 상태를 판단하는 것이다. 크기가 너무 커져 있거나, 혹은 단단한 결절이 만져진다면 이상이 있다고 판단할 수 있다. 혹은 만졌을 때, 엄청 아파한다면 염증 등을 의심하기도 한다. 경험 많은 의사는 전립선염, 전립선 비대증 혹은 암 등등을 만져보는 것만으로도 어느 정도 파악할 수 있다. 물론 추가적인 검사를 통해 확진하겠지만 말이다.

생각해보면 전립선은 참으로 개떡같이 만들어진 기관이다. 사정관이 요로에 합류해서 정액이 요도를 통해서 배출되는 비효율까지는 그럭저럭 참고 넘어가준다 치더라도, 하필 전립선이 그 주변을 감싸고 있는 바람에 만에 하나 전립선에 문제가 생기면 생식 활동뿐만 아니라 배뇨 활동까지 문제를 일으킨다. 기능적으로도 꼭 그래야 할 이유가 전혀 없음에도 불구하고 이렇게 만들어졌으니 비효율적이기 짝이 없다.

그래서 '지적설계론'이라는 그럴싸한 이름을 붙인 창조론을 들을 때마다 콧방귀를 뀌게 된다. 그렇게 전지전능한 존재가 만들었는데, 이렇게 개떡같이 만들어놓은 걸 보면 분명 그 존재는 전지전능하지 않거나, 혹은 머리가 꽤나 나쁜 존재임이 틀림없다. 어찌어찌 기능만 하도록 주먹구구식으로 만들다 보니 이렇게 되었겠지. 하필 위치는 또 왜 그곳이란 말인가. 차라리 좀더 깊은 곳에 있다면 수면마취라도 했을 텐데, 애매하게 손닿는 위치에 있어 검사할 때마다 사람을 심란하게 만드는 것인가. 만에 하나 다 알면서도 이렇게 만든 것이라면 그 존재는 취미가 매우 고약한 게 틀림없다. 인간의 괴로움을 보며 저쪽 어딘가에서 혼자 키득키득 웃고 있을 거라는 생각을 하면, 제법 가학적인 취미를 가진 존재임이 확실하다.

그런 존재라면 이쪽에서 사양이다. 아니, 당하는 입장에서는 마음껏 원망해도 좋겠다. 남자로 태어난 이상 평생 한 번 이상은 어떤 식으로든 전립선 검사를 받아야만 하고, 그 가능성 및 횟수는 나이를 먹을수록 늘어날 수밖에 없다. 남자로 태어났기 때문에 짊어져야 할 굴레 같은 것이라 해야 할까. 물론 여자들도 그들만의 각종 검사가 있어 힘들기는 마찬가지겠지만, 이쪽은 어쨌거나 접근 경로가 영 거시기하다.

문득 처음으로 전립선 촉진 및 마사지를 받아야만 했던 순간이 떠오른다. 30대 초반이었나. 당시 만나고 있던 여자가 부인과를 갔다가 유레아플라즈마가 발견되었다고 알려줬다. 혼자 알고 끝낸 것이 아니라 적극적으로 알려줘서 다행이었고, 검사를 받기 위해 비뇨기과를 찾았다.

　처음엔 아무것도 몰랐고 마음에 부담감도 없었다. 보통 비뇨기과에서 균 검사를 하면 소변검사를 하기 때문에 이번에도 그러려니 하고 있었다. 하지만 젊은 의사 선생님은 검체 채취를 위해서는 전립선 마사지가 필요하다는 충격적인 발언을 하셨다. 물론 전립선 마사지가 어떻게 이루어지는지 알고는 있었다. 하지만 그건 내 나이 50~60세가 넘는 아주 먼 미래에, 전립선에 진짜로 이상이 생길 때쯤에야 받게 될 검사라 여기고 있었다. 아니, 솔직히 말하면 제발 전립선 검사나 마사지를 받아야 하는 그날이 오지 않기를, 혹시 오더라도 아주 늦게 오기를 바랬다. 지금이야 낯짝이 두꺼워져서 별 감흥 없이 전립선 검사를 받을 수 있지만, 30대 초반의 청년이, 말로만 듣던 그것을 지금 당장 받아야 한다는 것에 대한 심리적인 저항은 결코 무시할 수가 없었다. 더구나 마음의 준비를 단단히 한 상태로 병원을 찾았다면 심리적 저항이 덜했을지도 모른다. 하지만 전혀 예상 밖의 상황에 당황한 나머지 온갖 짧은 지식을 동원해서 전립선 마사지를 피할 방법을 찾아내기 시작했다.

'혹시 소변검사만으로는 안 되는지(사실은 전립선액이 포함된 소변이 필요했다).'

'그럼 혹시 정액은 안 되는지(정액을 어떻게 채취할 건지는 생각 안 한 거냐? 어쨌든 전립선 마사지 이후에 채취된 전립선액이 필요한 것이므로 불가).'

'혹시 유레아플라즈마의 감염률이 매우 낮지는 않은 것인지(관계를 가진 이상 가능성이 0은 아님을 잘 알면서 저런 부질없는 질문을).'

'증상이 없다고 가정하면 감염률이 매우 낮은 거 아닌가(감염 상태라도 증상이 없는 경우도 있다는 걸 알면서. 애초에 감염 상태라면 증상이 없어도 상대를 위해 치료해야지).'

'그렇다면 검사는 패스하고 약만 먹으면 안 되나(아무것도 없는데 약을 쓸 수는 없지 않나. 게다가 약을 다 먹은 다음에도 어차피 완치가 되었는지 확인하려면 검사해야 한다).'

'애초에 관계를 가졌다고 다 걸리는 건 아니지 않나(그러니까 그걸 확인하러 가서 이런 소리를 하고 있다).'

이쯤 되니, 나에게 이런 시련을 안겨준 그녀가 갑자기 엄청 미워지기까지 했다.

누군가 보면 의사와 내가 일종의 '말빨 배틀'이라도 하는 것처럼 보였을 것이다. 내 몸에 균이 있는지 없는지는 어차피 확률의 문제이고, 그 가능성을 어느 쪽이든 확정하기 위해서 병원을 찾아와서는 전립선 마사지를 받기 싫다는 이유 때문에 저러고 있었다. 나의 소중한 똥꼬를 지켜내야 한다는 사명감을 가지기라도 했던 것일까. 하지만 슈뢰딩거의 전립선이 어떤 상태인지 확정하기 위해서는 상자의 뚜껑을 열어야만 하고, 상자의 뚜껑을 열기 위해서는 열쇠 구멍에 반드시 열쇠를 꽂아야만 했다. 물론 열쇠는 의사 선생님의 손가락이고, 열쇠 구멍은⋯⋯(젠장, 써놓고 보니 어쩐지 비유가 쫌 그렇다).

나의 투정을 들어주던 보살 같던 의사 선생님도 인내심의 한계에 도달했는지 단 한마디로 나를 제압했다.

"그냥 눈 딱 감고 후딱 해치우고 끝냅시다. 나도 하기 싫어요."

'나도 하기 싫어요.' 그 말 한마디는 도무지 어떻게 해도 반박이 되질 않았다. 그리고 내 자신을 참으로 부끄럽게 만드는 한마디이기도 했다. 나는 그저 검사를 받기 싫다는 내 감정에만 매몰되어 의료진이 겪는 고충은 전혀 이해하지 못하고 있었던 것이었다. 환자가 누가 되었든지 간에 항문에 손가락을 넣어야만 하는 선생님인들 그 상황이 과히 달갑지는 않았을 텐데. 그저 나는 내 투정만 하고 있었던 거다.

결국 나는 군소리 없이 엉덩이를 깔 수밖에 없었다.

오랜 저항에 비해 전립선 마사지는 눈 깜짝할 사이에 끝났다. 손가락이 들어와 꾹꾹 누르는 감각이 그다지 유쾌하지 않다는 것과 다 끝나고 나서 그 앞에서 의료용 젤을 직접 휴지로 닦아내야 한다는 것이 좀 민망할 뿐(뭐 그렇다고 그거까지 의료진이 닦아주면 그게 몇 배는 더 이상하긴 하지만), 사실 그렇게까지 못할 그런 검사는 아니었다 해야 할까.

그 난리 끝에 겨우 마친 검사 결과는 음성. 도대체 나는 무엇을 위해 의사 선생님과 그렇게 배틀 아닌 배틀을 해야만 했고, 무엇을 위해 그 굴욕을 감내해야 했던가.

그로부터 약 10년이 흐른 지금, 다시 한번 전립선 검사를 받게 되었지만, 이젠 그때보다는 더 담담한 기분으로 검사를 받을 수 있었다. PSA 수치가 이상하다는 사실을 인지하고, 그 수치의 정체가 전립선과 관련되어 있다는 것을 알게 되었을 때부터 앞으로 어떤 검사를 받아야 할지 금세 예상이 되었으니까. 마음의 준비를 할 시간이 충분히 있었기에 더더욱 담담해질 수 있었는지도 모르겠다. 새로 찾은 큰 병원의 의사 선생님이 일어서서 벽 보고 그림처럼 서라고 했을 때, 이미 그것이 어떤 의미인지, 어떤 일이 일어날지 알고 있었고, 별말 없이 담담하게, 그리고 매우 신속하게 검사를 마쳤다.

체념하면 편한 것일까. 아니면 그저 몇 번 반복하니 익숙해지는 것일까. 어느새 남자이기에 감당해야 할 그 유쾌하지 않은 숙명을 받아들이고 있었다.

소변컵을 비커처럼

이공계의
혼을 담은
소변검사

"전립선 비대증은 아닌 것 같네요. 전립선이 별로 커지지 않았어요. 게다가 눌렀을 때 별다른 통증이 없었던 걸로 봐서는 염증이 아닐 가능성도 크고요."

의사 선생님이 손에 낀 의료용 장갑을 벗으며 말했다. 자세한 검사를 더 해봐야 알게 되겠지만, 발기부전과 야간뇨의 원인이 전립선 문제가 아닐 가능성이 높다는 것이다. 전립선을 범인으로 지목하고 지난 주말 내내 예전 의사 선생님들을 성토했던 나에게 이 결과는 꽤 충격적이었다.

또한 현재 시점에서 조직검사는 그다지 추천하지 않는다고 했다. 40대의 경우 무리해서 검사를 해봐도 유의미한 결과가 나오는 경우는 극히 드물다고 했다. 촉진상으로도 일단 큰 이상은 없어 보이는 상황이니 조직 검사까지는 의미가 없다고 판단한 것이

다. 게다가 내 경우 암에 관해 가족력이 전혀 없으니 필요성은 더
더욱 낮아질 수밖에 없었다.

PSA 수치와 테스토스테론 수치를 어떻게 받아들여야 할지 물
었더니, 사실 PSA 수치는 48시간 이내에 사정을 했거나 혹은 자
전거 등으로 전립선이 압박을 받으면 일시적으로 높게 나올 가능
성이 있다고 했다. 곰곰이 생각을 해보니 둘 다 해당사항이 있었
다. 지난번 의사 선생님은 채혈 시 이 부분은 확인하지 않았었다.
그리고 테스토스테론의 경우 보통 오전 10시 무렵이 농도가 가장
높은 시간대이니 그 시간대에 혈액검사를 다시 해보는 게 좋겠다
고 했다. 특히 혈액검사라는 게 그날그날 컨디션에 따라 수치가
조금씩 변화하는 만큼 단 한 번의 혈액검사 결과만을 두고 질병
의 유무를 판단하기에는 무리가 있다는 설명을 덧붙이면서 말이
다. 일리가 있었다. 일단 나의 그 수치들은 정상범위를 벗어났다고
는 해도 어딘가 모르게 값이 상당히 미묘했으니 말이다.

혈액검사를 다시 하고, 전립선 초음파 및 기타 검사들을 더 실
시한 이후 그 결과들을 종합해서 최종 진단하기로 했다. 간호사
선생님과 이런저런 상의 끝에 검사 일정을 잡았는데, 일정을 확
정하자 내게 플라스틱 컵 두 개를 내밀었다. 크기가 꽤 커서 흠칫
놀랄 수밖에 없었다. 언뜻 보면 아이스커피 테이크아웃 컵처럼 생

겼지만 눈금이 새겨진 것이 비범해 보였다. 이곳은 종합병원이니 소변검사를 위한 소변 채취를 할 때는 분명 채혈실에서 할 텐데, 왜 접수대에서 컵을 주는 것일까. 그 용도가 궁금해졌다.

간호사 선생님이 웬 종이를 한 장 내미는 것 보고서야 비로소 컵의 정체를 알게 되었다. 소변용 컵이 맞는데, 구체적으로는 소변의 채취가 아니라 소변의 '배출량'을 측정하기 위한 용도였다.

'배뇨양상 기능검사'라고 해서 72시간 동안 소변량을 측정해서 배출 시간과 함께 기록지에 써야 하는 중차대한 과제가 내게 주어졌다. 미드 〈빅뱅이론〉에서 쉘든이 소변량을 측정한다면서 눈금이 그려진 소변 측정컵을 꺼내고 기록을 준비하는 과정이 유머 코드로 쓰였지만, 막상 진지하게 의료 목적으로 이걸 직접 해야 한다고 생각하니 그 장면이 마냥 웃기지만은 않게 느껴졌다.

이때 처음으로 내가 혼자서 일하는 자영업자라는 사실이 매우 다행이라는 생각이 들었다. 사실 나야 집과 사무실의 화장실에 이 컵을 하나씩 비치해두고 필요할 때마다 꺼내서 측정하면 그만이었다. 하지만 만약 내가 회사를 다니고 있고, 많은 이들이 함께하는 사무실에서 근무하는 환경이었다면, 이 과제의 난이도는 급격하게 상승했을 것이다.

인간은 사회적인 동물 아니던가. 큰 사무실 한가운데 있는 내 책상 위에 소변컵을 올려두는 건 일단 상상조차 할 수 없다. 보나마나 지나다니는 사람들마다 뭐냐고 물어볼 가능성이 크니까. 물론 서랍에 몰래 감춰둘 수도 있겠지만, 화장실에 갈 때마다 무슨 중요한 장비를 챙기듯 서랍에서 컵 하나를 꺼내서 가는 모습은 상상만 해도 영 자연스럽지가 않다. 아무리 자연스럽게 하려고 해도 분명 알아채는 사람이 있을 것이다. 게다가 만약 30대 초반인 미혼 총각이 그러고 있는 상황인데, 호기심 많은 '썸녀'가 그게 뭐냐고 물어보기라도 한다면 과연 그 위기를 어찌 모면해야 할까. 정수기에 가서 물이라도 따라 마시는 시늉이라도 해야 할 것인가. "아~! 갈증이 나서 시원한 물 한 잔 마시려고." 뭐 이런 부자연스러운 대사를 짐짓 덧붙이며 말이다.

그렇다고 그걸 공용화장실에 두는 것 역시 곤란하다. 보나마나 한 시간도 되지 않아서 컵의 행방을 알 수 없게 되어버릴 것이 뻔하다. 화장실 청소하시는 분이 누가 쓰레기를 함부로 버려놨냐고 툴툴거리며 쓰레기통으로 버리실 게 틀림없다. 그 컵은 눈금만 빼면 테이크아웃 컵과 매우 유사하게 생겼기 때문이다.

이런 위기들을 잘 넘기고 운 좋게 화장실 개별 칸에 입성을 했다고 가정하자. 병원도 아니고, 컵에 액체를 따르는 소리는 칸 너머 들릴 것이고, 호기심 많은 사람이라면 분명 신경이 쓰일 것이리라. 게다가 측정까지는 잘 마쳤다고 해도 그 컵을 공용 세면대에서 씻는 것 역시 영 껄끄럽다. 어떤 면에서는 좀 미안한 마음까지 들 수 있다. 혹여 세면대에 다른 사람이 있다면 결벽증이 아니

117

더라도 찜찜할 수밖에 없을 것이다.

　주말에 측정을 시도해볼 수 있지만, 하필 72시간 동안 측정해야 되는지라 다시 한번 발목이 잡히고 만다. 금요일이 되었든 월요일이 되었든, 평일 하루는 어쨌거나 걸치게 되어 있으니 말이다.
　나는 이런 걱정 없이 집과 사무실에서 아주 편안한 마음으로 측정에 전념(?)할 수 있었다는 점에서는 분명 행운이다. 물론 애초에 이런 건강상의 문제가 없어야만 진정한 행운이라는 사실은 모른 체하기로 하자.
　어쨌거나, 별다른 큰 장애물이 없는 아주 유리한(?) 환경이 되고 보니 쓸데없는 데서 장인정신이 발동되고야 말았다. 이왕 하는 측정, 좀더 완벽을 기해 깔끔한 데이터를 만들어내고야 말겠다는 오기가 생긴 것이다. 지금은 전혀 다른 일로 밥 벌어 먹고살고 있기는 하지만, 이공계 출신다운 면모를 유감없이 발휘해보고 싶어졌달까.

　간호사 선생님의 설명에 따르면 언제 측정을 시작해도 좋지만, 반드시 연속된 3일간 측정해야 한다고 했다. 그렇다면 나는 6일 144시간을 측정하기로 마음먹었다. 애초에 이 72시간이라는 기간도 필요 충분한 시간이었을 것이다. 3일간의 패턴이면 약간의 변동이 생기더라도 평소의 패턴을 파악하는 데 전혀 무리가 없기에 시간을 그리 정했을 가능성이 높다. 하지만 그중 어느 하루가 평소의 내 패턴과는 전혀 다르게 갑자기 야간뇨가 사라져버린다거나, 혹은 이런저런 이유에서 화장실을 가는 빈도가 바뀌는 날이 올 수도 있지 않은가. 무려 30%의 데이터가 평소의 내 패턴을 보여주지 못하는 상황이 되어버린다. 그렇다면 아예 길게 측정하고 그중에서 가장 나의 평소 모습과 유사한 72시간의 연속 구간을 잘라내서 제출하면 될 것이다.

기록 용지의 공간이 부족한 것은 전혀 신경 쓸 필요가 없었다. 모든 데이터는 엑셀에 저장하면 된다. 대학시절 엑셀에 실험 데이터 정리하는 것은 수없이 하던 일 아니던가. 엑셀을 아무리 귀신같이 쓸 줄 알면 뭐 하나, 쓸 일이 전혀 없어 조금씩 잊혀가고 있었는데, 이번 기회에 무언가 제대로 쓸 일이 생겨서 오히려 조금 기쁘기까지 했다. 비록 엑셀이 가진 능력의 0.1%조차 쓰지 못하는 단순 데이터 저장일 뿐이지만, 그거라도 쓰는 게 어딘가.

그렇게 호기롭게 시작한 배뇨 일지 작성인데, 막상 실제로 하려니 기분이 상당히 오묘했다. 배뇨의 시간과 배뇨량을 정확히 측정해서 기록하고 있자니 마치 내 몸이 중요한 실험장비의 일부가 된 것 같은 착각을 불러일으켰다. 동시에 스스로가 그 실험의 감독관으로서 중요한 과학 실험을 수행하고 있는 듯했다.

측정용 컵에 측정 대상이 되는 액체를 담을 때, (물론 중요한 실험장비의 한 부분인 내 몸에서, 그것도 특정 배출구를 통해서 따라낸 것이지만), 그리고 측정을 마친 후 한 방울이라도 밖으로 튈까 조심히 변기에 비워낸 다음, 물로 깨끗이 컵을 씻고 있을 때 순간순간 드는 자괴감은 일종의 양념이요, 스멀스멀 올라오는 암모니아 냄새는 이 낯선 현실을 보다 적나라하게 만드는 일종의 각성제와도 같았지만 말이다.

　무려 새벽 3시에 변함없이 화장실을 가기 위해 곤한 잠에서 살포시 깨면, 그 비몽사몽한 와중에도 컵에 아주 정확히, 단 한 방울의 흘림도 없이 액체를 따라낸 다음, 그 양을 세심히 측정하고, 안경이 없어서 흐릿한 눈을 찡그려가며 확인한 현재 시각을, 측정한 배뇨량과 함께 힘겹게 종이에 옮겨 적은 다음에야 침대로 쓰러지듯 몸을 눕힐 수 있다.

자다 깨서 그 일련의 긴 과정을 어떠한 의식의 개입도 없이 기계적으로 수행하던 나를 돌아보면, 이번에야말로 지긋지긋한 이놈의 야간뇨 증상을 고쳐내고야 말겠다는 강한 의지를 읽을 수 있었다. 더불어 이 모든 일을 가능하게 만들어주고 있는 나의 리비도가 강하다는 것을 새삼 느낄 수 있었다.

소변 측정이 막바지에 이르고 있던 5일차 밤, 나는 침대에 누운 아내에게 자조적인 푸념을 늘어놓았다.

"이거 아무래도 너무 길게 해서 지쳐버린 걸까. 아무리 D컵 여대생을 위해서라지만, 이렇게까지 해야 하나 자괴감이 들어."

"그러게 원래 하라는 대로 3일만 할 것이지. 본인이 길게 한다고 해놓고선ㅋㅋㅋ. 그래도 이만하면 정말 많이 했네. 하루만 더 하면 되니까 조금만 더 힘내."

나를 위로하던 아내가 갑자기 생각이 났는지 키득거리며 한마디 덧붙인다.

"근데, 그 D컵 여대생은 하도 들었더니 이제 심지어 친근한 기분마저 들어. 길어서 부르기 힘드니까 우리 이름이나 별명이라도 하나 붙여주자. 음~ '민주' 어때?"

"푸하하. 내가 너무 입에 달고 살았나ㅋㅋ. 하지만 '민주'는 안돼. 그러면 그 이름을 가진 인물로 특정되어버리잖아. 원래 판타지란 언제까지나 불특정 대상으로 남아 있어야 의미가 있다고. 길어서 부르기 힘들면, 음~ 'D대생'은 어때?"

"오~! 그거 입에 착 달라붙는다. 'D대생'."

그렇게 아내와 농을 하는 동안 내 지친 마음이 조금은 달래졌
다. 어쩌면 그녀는 현명한 아내일지 모른다. 'D대생'이고 뭐고 알
고 보면 어차피 부부 사이에 농담이고 말장난일 뿐, 어쨌든 남편
이 건강해지도록 이끌고 있으니 말이다. 부부에게 배우자의 건강
은 자신의 건강만큼이나 소중한 법이고, 결국 건강한 남편의 수
혜자는 바로 그녀 자신이 될 테니 말이다.

아내의 응원에 힘입어 나는 마지막 날까지 모든 측정을 완벽하
게 마치고, 그중 가장 평소 모습에 가까운 72시간의 구간을 잘라
내어 무사히 제출할 수 있었다.

전립선을 검사하는 두 번째 방법
세상의 모든 구멍을
대하는 예의

오늘은 혈액검사와 전립선 초음파검사를 하는 날이다. PSA와 테스토스테론, 두 가지 수치의 재확인이 필요해서 실시하는 것이어서 며칠간 성관계 및 자전거 타기를 피하고, 특히 아침 10시 부근, 테스토스테론 수치가 하루 중 가장 높은 시간대에 일부러 채혈 시간을 맞추었다. 채혈하는 날 아침은 공복을 유지해야 했는데, 하필 이번 검사는 물조차 마시지 말라고 하는 바람에 입까지 바짝바짝 말랐다.

수납을 마치고 채혈실로 가서 접수하고 순번을 기다렸다. 종합병원 채혈실은, 볼 때마다 느끼는 거지만 어쩐지 공장 같기도 하고 은행 창구 같기도 하다. 여러 명의 채혈 담당 선생님들이 마치 은행 창구같이 생긴, 칸막이가 있는 자신의 자리에 나란히 앉아 있고, 호명을 받은 환자들은 그 맞은편 자리에 앉아서 팔을 걷어 올린다. 바코드 라벨을 뽑아서 스캔하고, 그것을 채혈용 유리관에 붙인 다음, 성명과 생년월일을 확인하는 일련의 과정이 빈틈없고 능숙해 마치 기계 같은 느낌마저 든다.

나는 이런 기계적인 능숙함이 좋다. 매일, 그것도 하루 종일 채혈만 하다 보니 혈관 찾는 데 있어서는 다들 도사이기 때문이다. 고무줄로 묶은 내 팔을 손가락으로 슬슬 1~2초만 눌러보더니 바로 슥슥 알코올 소독에 들어간다. 마치 무림고수들이 경혈을 찾기라도 하는 양, 금세 혈관을 찾아내는 걸 보니 손끝에 신기라도 올라와 있는 모양이다. 찾아낸 그 자리에 바늘을 꽂으면 어김없이 피가 잘 나온다. 콸콸.

이런저런 상념에 잠겨 있으려고 했지만 채혈이 상당히 금방 끝나버렸기에 더 이상 그럴 수가 없었다. 사실 바로 뒤에 있을 전립선 초음파검사가 부담스러워서 상념에 빠져 긴장감을 늦추고 싶었는데, 그러지 못했던 것이다.

초음파검사 역시 전립선을 검사하는 것이다 보니 전립선으로의 접근 경로는 지난번의 직장수지검사와 같다. 차이점이 있다면, 집어넣는 것이 손가락이냐, 초음파 검사용 프로브(탐침봉)냐인데, 경험에 의하면, 그 프로브는 굵다. 그것도 상당히 굵다.

그랬다. 사실 나는 전립선 초음파검사도 이번이 두 번째다. 12년 전, 이미 초음파검사를 한 번 받았던 경험이 있었다. 당시 만났던 연인과 한참 좋은 시간을 보내던 중 절정의 순간 배 위에 선홍색의 혈정액을 쏟아내고 만 것이다. 지금이야 이렇게 담담하게 말하고 있지만, 그때는 제법 심각했다. 절정의 순간에 피가 섞인 정액을 쏟아냈다는 사실을 자각하는 순간 오르가즘의 쾌감이 0.5초 만에 싹 사라지면서 등줄기에 식은땀이 흘렀으니까. 하필 주말이라 병원을 가려면 월요일까지 기다려야 했는데, 주말 내내 온갖 생각들이 머리를 어지럽혔다. 병원을 가기 전 온갖 자료를 뒤졌는데, 그나마 다행이었던 것은 피의 색깔이 선홍색이었다는 점이었다. 검붉은 색에 가까웠다면 진짜로 잠도 못 잤을 거다.

그때 병원에 내원해서 받은 것이 바로 전립선 초음파검사였다. 당시 검사를 준비하던 의사 선생님이 장비를 챙기고 있는 걸 슬쩍 봤는데, 정말이지 경악할 수밖에 없었다. 오죽했으면 내 출신 지역도 아니면서, 찰진 사투리가 입가에 맴돌았을까.

'아니, 시방 저걸 넣겠다는 말인가!'

의사 선생님이 젤을 프로브 끝에 바르고 있는 걸 봐선 의심의 여지가 없었다. 그 굵기는 손가락과는 비교조차 되지 않는 어마어마한 굵기였다. 저런 흉악스러운 것을 넣겠다니, 숨이 멎을 것 같았다.

결국 그걸 전립선에 닿을 때까지 넣었을 때, 진짜 숨이 멎는 것을 느꼈다. 이건 뭘까. 입구만 아픈 게 아니라 엉덩이 전체가 뻐근해지는 느낌이었다. 보다 정확한 위치를 찾아 전립선 쪽으로 더 밀착하기 위해서인지, 아니면 보다 선명한 이미지를 얻기 위해서

인지는 모르겠지만, 프로브의 방향을 이리저리 비트는데, 혈정액이고 나발이고 검사를 그냥 때려치고 싶을 정도였다.

끝날 것 같지 않은 그 긴 시간이 끝나고 프로브가 몸밖으로 나왔을 때, 통증으로부터 해방됨과 동시에 '시원함'이 밀려왔다. 어떤 '시원함'인지는 아마 다들 충분히 상상할 수 있으리라.

어쨌든 그때 검사를 받고도 정확한 원인은 찾기 못했다. 사정관 어딘가에 상처 또는 염증이 있어서 그랬을 것으로 추정할 뿐, 한 번 피가 섞여 나왔던 이후로, 두 번 다시 같은 일은 없었다. 그 이후 찾아본 자료에 의하면 이런 식의 원인 모를 혈정자증은 남자들에게 가끔씩 발생하는 증상이라고 해서 잊고 살아왔다.

생각해보면, 검사 받는 입장에서 느끼기에 전립선 촉진과 전립선 초음파의 차이는 정신적으로 힘들 것이냐 육체적으로 힘들 것이냐 정도의 차이인 것 같다. 전립선 촉진은 한번 해본 경험으로 그럭저럭 받을 만하다는 걸 알고 있었지만, 전립선 초음파의 경우는 한번 해보고 나니 가급적이면 다시 받고 싶지 않아지는 그런 검사다. 아무리 생각해도 그 흉악한 프로브는…… 감당이 안 된다.

검사실에 들어서자 의사 선생님은 검사 장비를 챙기고 계셨고, 간호사 선생님은 나에게 검사에 대해 안내해주셨다. 역시나 벽면에는 검사대 위에서 어떤 자세를 취해야 하는지 설명한 그림이 붙어 있었다. 검사대 위로 올라가 자세를 잡고 준비를 마치자 입구에 젤을 바르는 느낌이 들었다. 그리고 프로브가 천천히 들어오기 시작하는데…… 좀 아팠다.

"아아아아……."

점점 아파오고 있다는 일종의 신호였다. 좀 살살 해달라는 의미의 완곡한 표현이기도 했다.

"자, 힘 빼세요."

의사 선생님이 그리 말씀하시는데, 기실 그리 말해봐야 아무소용이 없다는 걸 아시는 분이 왜 그러시나 모르겠다. 괄약근은 내괄약근과 외괄약근으로 구성되어 있는데, 수의근인 외괄약근은 얼마든지 내 의지로 힘을 뺄 수 있지만, 자율신경계의 지배를 받는 불수의근인 내괄약근은 결코 내 마음대로 힘을 주거나 뺄수 없다. 차라리 내 괄약근이 긴장을 풀 수 있는 시간을 주면서좀더 천천히 접근했어야 하는 게 아닐까. 하지만 의사 선생님은지체 없이 그대로 프로브를 밀고 들어왔다.

"으아악!"

아파서 나도 모르게 비명이 튀어나왔다.

"어이쿠, 많이 힘드세요? 혹시 평소에 항문 질환이 있으셨나요?"

생각보다 큰 비명에 의사 선생님도 조금 당황했는지 바로 내상태를 물어왔다.

'선생님 때문에 없던 항문 질환이 생길 판인데요!'

라는 대답이 목구멍까지 올라왔지만, 차마 입밖으로 꺼낼 수는 없었다.

"아니요. 그런 건 없는데, 방금 찢어지는 통증이 있었어요."

그건 정말로 생살이 찢어지는 통증이었다.

"이제 다 들어갔으니 조금만 견디세요. 서둘러 검사를 마치겠습니다. 이 장비가 예전보다 가늘어졌는데도, 여전히 힘들긴 힘든 모양입니다."

그건 선생님 말이 맞았다. 괄약근에 느껴지는 감각으로 판단하건대, 12년 전 그때보다는 분명 프로브가 가늘어진 건 사실이다. 하지만 12년 전의 그 선생님은 그 굵은 걸 넣으면서도 내 항문은 전혀 찢어지지 않았는데, 어찌 이 선생님은 더 가는 장비를 가지고서도 이리 찢어 먹는단 말인가.

나는 그 이유를 잘 안다.

몇 해 전 자동차 정비사로 잠깐 일하고 있을 때 자주 있던 일이다. 탈거했던 부품을 제자리에 다시 결합할 때나, 볼트를 볼트 구멍에 넣다 보면 종종 생각보다 잘 안 들어가는 경우가 있다. 특히 하체 쪽 작업을 하다 보면 그런 일이 많이 생기는데 그걸 힘으로 넣어보려고 끙끙대고 있으면, 경험 많고 노련하던 과장님이 한쪽 입꼬리를 올린 채 지나가며 한마디 툭 던진다.

"살살 달래가며 넣어야지."

그렇다. 무릇 세상의 모든 구멍에 무언가를 넣을 때는 반드시 살살 달래가면서 넣어야 한다.

노련한 신사라면 이 한마디가 시사하는 바를 바로 알아챌 수 있으리라. 원래 그 구멍에 들어가도록 만들어진 물건이라면 살살 달래가며 넣기만 한다면 진짜로 부드럽게 잘 들어가게 되어 있다. 잘 안 들어가고 저항감이 있을 때 무리하게 힘으로 넣으면 결국 구멍이 다친다. 이건 나사 구멍에 나사를 박아 넣을 때 가장 극명하게 드러난다. 보통 나사가 잘 돌아가지 않는다면 그건 100% 나사산이 어긋나 있다는 이야기고, 힘으로 무리하게 돌리면 나사산이 망가진다. 그럴 때는 일단 다시 풀어야 한다.

이 경우도 마찬가지다. 프로브를 넣는 데 저항감이 상당히 있다면 일단 후퇴해 입구의 의료용 젤의 도포 상태를 정돈하고 다시 살살 부드럽게 넣는 과정을 반복해야 한다. 그렇게 한두 번만 반복하면 이런 식으로 항문이 찢어지는 사태는 발생하지 않을 것이다. 특히 의료용 젤을 발랐다고 해도, 입구가 닫혀 있는 상태에서 프로브를 밀어 넣으면 대부분의 젤은 밀려서 입구에만 남고, 젤이 묻지 않은 맨프로브만 들어가는 형국이 된다. 그렇기에 아파하면 일단은 후퇴해서 젤을 정리할 필요가 있다. (이 말이 무슨 의미인지 감이 오질 않으면 손가락을 둥글게 말아서 구멍을 만든 다음, 젤을 묻힌 봉을 밀어 넣어보면 무슨 말인지 금세 알 수 있다. 봉에 묻은 젤이 깨끗이 닦여서 구멍 입구로 밀려서 남아버린다.)

찢어지는 아픔을 뒤로하고 검사를 마친 후 주섬주섬 일어서는 나에게 의사 선생님은 '전립선이 예쁘다'는 말씀을 하셨다. 적당한 크기에 정상적인 모양을 가진 건강한 상태의 전립선임을 단 한마디로 압축한 표현이다. 덧붙여 그 크기가 호두알 정도라서 내 나이에 딱 정상적인 평균 크기라고 했다.

비록 찢어지는 아픔을 내게 주었지만, 그래도 내 몸의 이상 유무를 세심하게 살피고, 친절하게 설명까지 해주신 선생님께 감사의 인사를 남기고 검사실을 나섰다.

집으로 돌아와서 얼얼한 내 똥꼬를 점검해보니, 역시나 찢어져 있었다. 휴지에 선홍색의 피가 제법 묻어나왔다. 불쌍한 내 똥꼬. D대생이 대체 뭐라고 찢어지는 고통을 감당해야 한단 말인가. 나는 울면서 불쌍한 내 똥꼬에 후시딘을 살살 발라주는 것 외에는 달리 해줄 수 있는 게 없었다. 그저 상처에 다른 감염이 생기지 않기를 바라면서.

요속검사 변기에 대한 불만

남자가
흘리지 말아야 할 것은
눈물만이 아니거늘

피가 나던 똥꼬의 상처가 다 아물 무렵. 드디어 병원 예약 날짜가 다가왔다. 간단한 검사 한 가지만 더 하면, 최종적으로 진단이 내려지고 치료 방법이 결정될 예정이었다.

여기서 말하는 그 간단한 검사란 바로 '요속검사'인데, 인터넷을 검색해보니 소변의 배출 속도와 양을 측정한다고 했다. 측정결과는 총량 혹은 유속으로도 나오지만 심지어 그래프로 나오기까지 하니 여러 가지 의미로 피검자의 내밀한 모습이 꽤나 까발려지는 듯한 기분이 들 것 같았다.

세상 모든 일이 그러하듯 막상 해보면 별것 아닌 일도 겪어보기 전에는 온갖 억측과 걱정들로 어려운 일처럼 느껴지는 법이다. 지금까지 비뇨기과에서 겪어야 했던, 인간 존엄에 대한 회의적인 감정을 불러일으킨 검사들을 받아보니, 걱정하지 않을 수 없었다.

어쩌면 이 검사 역시 바로 옆에서 측정용 모니터를 들여다보는 의료진이 있고 '자, 준비하시고~ 쏘세요' 신호와 함께, 의료진 옆에 준비된 변기에 일을 봐야 하는 건 아닌가 하는 공연한 걱정이 들었다. 만에 하나 그런 상황이라면 부담스러워서 결코 제대로 나올 것 같지가 않은데 말이다.

게다가 부끄러운 이야기지만, 내 소변 줄기는 제법 변덕스럽다. 현장에서 과연 제대로 제어할 수 있을 것인가에 대한 압박감도 들었다. 평생을 살아오며 보았던 소변이니 그 패턴은 누구보다 잘 알았다. 약 5분의 1의 확률로 줄기가 갈라지기도 하고 그 비슷한 확률로 전혀 예상하지 못한 방향으로 줄기가 뻗어 나가기도 한다. 마치 총신이 심하게 휘어진 총으로 총을 쏘듯이 말이다. 또한 소변을 오래 참은 후 일을 볼 때는 급박한 마음과는 별개로 오히려 잘 나오지 않아서 약한 줄기로 나오거나, 심지어는 그냥 흘러내리는 느낌으로 나오기도 한다. 마치 입구를 힘겹게 틀어막고 있던 근육이 지쳐버린 나머지 그대로 굳어버리기라도 한 것처럼 말이다. 그런 경우에는 줄기가 표적을 향해 쭉 뻗지 못할 수도 있고, 상당량이 아래로 방울져 흘러내려서 난감함을 선사하기도 한다.

맞다. 결국은 탄착군 형성에 관한 걱정거리이다. 그래서 집에서는 마음 편히 앉아서 일을 본다. 꼭 화장실 청소가 내 담당이기 때문에 그런 건 아니다. 비교적 낮은 확률일지라도 탄착점이 표적을 벗어날 가능성이 있다면, 그런 위험을 최소화하는 사격 자세를 취하는 건 당연한 일이기 때문이다. 원거리 사격에 자신이 없다면 근거리 지향사격이라도 하는 수밖에 없는 것 아닌가. 근거리 지향사격에 가장 적합한 자세가 바로 '앉아쏴' 자세다. (뭐 거창하게 말했지만 결국 두 가지 자세뿐이긴 하다. 서서 혹은 앉아서.)

물론 공중화장실에서는 평소처럼 서서 일을 본다. '서서쏴' 자세이기는 하지만, 충분히 근접해서 사격할 수 있도록 만들어져 있고, 대부분 표적이 상당히 크다. '한걸음 더 가까이'의 원칙만 충분히 지킨다면, 서서 사격하더라도 어쨌거나 탄착군은 대부분 표적 안쪽에 형성이 된다. 대부분은.

하지만 문제의 그 요속검사용 변기는 대체 어떻게 생겨먹었는지, 인터넷을 뒤져도 도무지 알 수가 없었다. 그림을 몇 개 찾긴 했는데, 실제로 장비가 그렇게 생겼는지 확신이 들지 않았다. 나의 탄도가 제어 범위를 벗어날 때 탄착점 보정을 위해 어떤 전략을 취해야 할지 도무지 예측할 수 없었다.

물론 혹자는 이런 나를 두고 '거 대충 가서 대충 싸면 되지 별시답잖은 걱정을 다 한다'며 지나친 호들갑을 떤다고 생각할 수 있으리라. 하지만 나는 예의를 알고 염치가 있는 '선진문화시민'이니, 혹여 발생할지도 모를 불상사를 수습해야만 하는 의료진의 입장을 생각하지 않을 수가 없다. 공중화장실에서도 한두 방울 흘리게 되면 청소하시는 분들에게 죄송스러운데, 아무리 비뇨기과라지만 의료진이 직접 치워야만 할 테니 그분들의 심적 고생을 외면할 수는 없었다.

이런 고민은 병원에 도착해서 요속검사실 문을 들어설 때까지 이어졌고, 나의 걱정은 절반은 기우였고, 나머지 절반은 매우 타당한 것으로 밝혀졌다. 검사실에 들어서자 의료진은 어디에 일을 보면 되는지를 알려주고는 문을 닫고 밖으로 나갔다. 그나마 마음 편히 일을 볼 수 있는 환경이 주어진 셈이다. 하지만 문제의 표적은 나처럼 형편없는 사수가 쓰기에는 너무나도 작았다. 거기에 엎친 데 덮친 격으로 거리도 너무 멀었다. 대충 직경이 20cm, 많이 쳐줘봐야 25cm쯤 될 것 같은 깔때기가 하나 있었고, 거기에 일을 보라는데 대충 무릎 높이 정도에 있었던 것 같다. 분명한 건 집에 있는 변기보다 높이가 낮아 보였고 위에서 내려다보면 상당히 멀어 보였다는 거다.

그런 변기를 보고 있으니 화가 나기까지 했다. 간혹 요도가 심하게 좁아진 환자의 경우는 스프레이처럼 분무 형태로 나온다는데, 그런 식으로 산탄총밖에 없는 환자들은 대체 어떻게 일을 보라고 이렇게 만들었다는 말인가. 무엇보다 비뇨기과에 와서 요속검사를 받아야 하는 환자라면 평소보다 소변 배출에 어려움이 있는 사람들이 많을 수밖에 없을 것이다. 힘차고 강한 줄기를 가진 사람들도 한 번에 표적에 명중하려면 꽤나 신경이 곤두설 것 같은 검사 장비의 디자인은 실제로 그 장비를 통해 검사를 받아야 하는 다른 많은 환자들의 상태를 전혀 고려하지 않았다고밖에 볼 수 없었다. 만에 하나 이러한 불편에 대한 고려가 있었음에도 불구하고 측정 결과의 편향을 방지하고자 현행 디자인을 고수하고 있다는 어이없는 변명을 하는 설계자가 있다면 한마디로 일축하고 싶다. '현재의 디자인 그 자체가 오히려 편향을 만들어내고 있다'고 말이다.

나는 애초에 적당한 요의가 있었음에도 불구하고 조준선 정렬에 실패할까 걱정이 되어서, 평소보다 매우 천천히, 아주 조심스럽게 수도꼭지를 열 수밖에 없었고, 중간에 조준선이 흐트러질 기미가 보이자 급히 수도꼭지를 잠가야만 했다. 그리고 다시 조심스레 풀어 조준하고 다시 잠그고를 반복했다. 시간축에 대한 배뇨량 그래프를 그려본다면 아마도 소변이 잘 나오지 않아 주저하는 것처럼 보일 수밖에 없었을 것이다. 하지만 실제의 나는, 소변보는 것이 어려웠던 게 아니라, 조준 실패가 걱정스러워 의도적으로 배뇨를 조절한 것이었다.

사실 검사실에서 장비를 보고서는 이 문제가 걱정스러워서 앉아서 소변을 볼까 고민하지 않았던 건 아니다. 하지만 변기의 세팅 상태를 보니, 남성용으로 미리 세팅을 해둔 것 같은데, 달려 있는 시트를 내려서 쓰기에는 좌석이 너무 허술해 보였다. 또한 시트를 내려도 그 아래쪽에 있는 깔때기가 작으니 남자의 신체구조상 그쪽으로 맞출 수 있을 각도가 아니었다. 심지어 바닥에 무릎을 꿇어볼까도 생각했지만, 바다 상태가 어떤지 모르는데 과연 그렇게까지 해야 하나 싶었다. 정말이지 이러지도 저러지도 못할 상황이었다.

작은 직경의 깔때기 아래에는 분리해서 폐기 가능한 봉투가 달려 있었고, 아마도 그 봉투의 아래 혹은 깔때기와 봉투 사이 어디쯤에 센서가 달려 있는 형태가 아닐까 싶은 디자인이었다. 그렇게 단순한 구조라면, 고민 많은 남성들을 위한 디자인을 만들어내는 건 일도 아닐 텐데, 왜 그런 장비를 아직도 쓰고 있을까.

그렇게 싸다 말다 해가며 요란을 떨었음에도 전탄을 표적에 명중시키는 데는 실패하고 말았다. 별수 없이 여기저기 흘리고 말았던 것이다. 남자가 흘리지 말아야 할 것은 눈물만이 아니라는 얘기를 어릴 적부터 귀에 못이 박히게 들어온 터라 최선의 노력을 했음에도 불구하고 결국 처참하게 무너지고 말았다. 그것도 누구의 소행인지 100% 알 수 있는 병원의 검사실에서 말이다. 민망한

마음에 바닥에 물이라도 뿌려 씻어내려 볼까 하는 생각을 잠깐 했지만 그만두었다. 공연히 측정 장비에 물이 닿아서 고장을 일으키기라도 하면 더 큰일이니까.

소변을 보고 나와서는 바로 밖에 있는 검사대에 누워 방광 내 잔뇨량을 측정했다. 전기면도기 크기의 작은 초음파검사 장비를 아랫배에 이리저리 대어보더니 금세 양을 측정한 모양이었다. 현대 의료기기의 발전이 새삼 신기하면서도 요속검사 장비는 왜 그 따구인가 하는 원망이 한 번 더 밀려왔다.

의사 선생님은 진단을 내리기 전에 먼저 지난번의 혈액검사 결과에 관해 설명해주었다. 공복 혈당과 요산 수치가 높으니 참고하라 했다. 비록 비뇨기과 검사이긴 하지만 기왕 채혈한 거 기본적인 성인병 검사 항목들을 함께 검사한 모양이었다. 내과 항목이지만 분명 알아둘 필요가 있는 수치들이었다. 우리 집안은 당뇨에 관한 가족력이 있어서 항상 조심하며 살피는 것이 혈당치였던지라, 공복 혈당이 높다는 사실은 이미 잘 알고 있었다. 하지만 요산 수치는 기존에 전혀 문제없던 항목이었는데, 이번에 높게 나왔다는 말에 꽤나 신경이 쓰였다. 그 무시무시하다는 통풍 발작과 관련된 수치 아니던가. 다만 수치가 아주 살짝 정상범위를 벗어나 있는 상태라 지금 당장 조치를 해야 하는 상황은 아니었다.

드디어 문제의 PSA 수치와 테스토스테론 수치에 대한 진단이 나왔다. 의외로 둘 다 정상이었다. 거기에 전립선 초음파 결과 역시 정상이었으니 발기 및 배뇨 문제에 있어서 전립선의 관련성은 완전히 배제되었다.

요속검사 결과를 봤을 때 실제로 본 소변량이 상당히 적었고, 대신 방광 내 잔뇨량이 정상치의 2~3배가량으로 꽤 많다고 했다. 배뇨 시 제대로 이완이 되지 않았거나, 혹은 방광이 소변을 내보내는 힘이 약해서 그런 증상이 나왔을 가능성이 있다는 진단을 받았다. 배출하고 나서도 방광에 남은 게 많으니 방광은 금세 차오를 수밖에 없었고, 그래서 빈뇨 및 야간뇨가 발생할 가능성이 높은 것으로 추정되었다. 요속검사 장비 때문에 이런저런 쇼를 하느라 마음껏 일을 치르지 못했다는 사실을 굳이 언급하지는 않았다. 가뜩이나 방울들을 치워야 할 검사실 담당자에게 미안한 마음이 한가득인데, 그걸 또 언급하면 다시 한번 자괴감이 들 것 같았기 때문이었다.

한 달 동안 약을 먹으며 야간뇨 증상을 지켜보기로 했다. 방광에 힘을 기르는 방법으로 소변을 좀더 참았다 보는 것이 도움이 되는지 여쭤봤더니 어느 정도는 도움이 될 수 있다고 해서 실천해보기로 했다.

결국 이 모든 사태의 원흉이었던 발기부전은, 나의 뱃살과 운동 부족이 가장 가능성 높은 원인인 것으로 최종 결론이 났다. 이제 살 뺄 일만 남았다.

복부비만 아재의 다이어트 1
따릉이로
다이어트
하기

"그런데 오빠의 그 D대생 말인데, 꼭 D컵의 여대생이어야 하는 거야?"

한참 병원을 다니며 갖은 검사에 시달리고 있었던 어느 주말, 아내가 물어왔다.

"아니, 꼭 그런 건 아니야. D컵의 아줌마일 수도 있지. 아니면 D컵의 여교사일 수도 있고. 음. 그런 경우에는 D줌마와 D선생이라 불러야 할까? 하하핫."

"결국은 D컵이 중심이었던 거네ㅋㅋ. 그럼 요즘 병원에 다니면서 D컵 간호사는 못 봤어?"

"그런 걸 볼 틈이 어딨어? 정작 검사 받는 데 온통 신경이 곤두서 있는데. 근데 D컵 간호사는 뭐라고 불러야 하지? D간호? D간호사?"

"아냐, 아냐, 어쩐지 라임이 맞지 않는데……."

아내의 단순한 질문에서 시작해서 우리는 또다시 시답잖은 아재 개그로 농담을 주고받고 있었다. 하지만 D간호사에서 턱 걸려버려서 적당한 단어를 찾느라 한참을 골몰해야만 했다. 적당한 라임의 단어를 찾는 건 '유레카'의 기쁨이니까.

순간 떠오른 단어에 급히 아내를 불렀다.

"찾았다! D의녀. 아니면 D장금?"

"찾았군. 찾아내고야 말았어."

묘하게 맞아 떨어지는 라임에 쾌감을 느끼며 우리의 D시리즈 놀이는 끝없이 이어져서, 온갖 D시리즈가 줄줄이 나왔다. 참으로 쓸데없고 음흉하기 짝이 없던 그 말장난의 마지막이자 백미는 바로 내가 되어버렸다.

"그리고 나는 D컵 배를 가진 동네 아저씨니까, 나는야 D저씨! 흐흐흣."

뜻을 모르고 들으면 꼭 '나가 죽어라'는 말처럼 들리는 그 단어야말로 지금의 내 모습을 가장 적나라하게 보여주는 별명이다.

그랬다. 나는 복부비만에 시달리고 있는 전형적인 동네 아저씨였다. 마른 비만, 외계인 체형, 올챙이 배라 불리는 복부비만이야말로 비만 중에 가장 나쁜 비만, 온갖 성인병의 위험을 높이는 건강의 적이었다. 내 경우 이렇게 나온 배가 척추 디스크에도 영향을 주었고, 그로 인해 허벅지 통증을 유발했고, 작금의 발기부전

사태에 원인으로 지목된, 내 만병의 근원이었다.

팔다리는 가는데 배만 볼록 나왔으니 D컵이라 부르기에 손색 없을 정도였는데, 가끔 아내가 살살 만지면서 '출산일은 언제냐'고 놀린다. D컵 배는 어떤 옷으로도 커버가 되질 않고 그 위용을 드러낸다.

하지만 달리 생각해보면 D컵 배는 죄가 없다. 맛있고 기름진 음식을 절제하지 않고 먹고, 운동 부족으로 배가 나온 것이니 사실 나의 배는 피해자다. 죄가 있다면 지금껏 그런 삶을 살아오며 차곡차곡 지방을 쌓아온 나에게 있다.

사실 나는 어린 시절부터 뛰어노는 놀이보다는 만들기 같은 정적인 놀이를 더 좋아했다. 학창시절 가장 싫어하던 것이 구기 종목의 체육이었다. 남자아이들은 당연히 공을 가지고 뛰어노는 것을 좋아할 거라는 편견 속에서 힘겹게 살아가다가 대학생 때 처음 운동이란 것에 소질을 보였는데 그게 바로 수영이었다. 시간을 들여 제대로 배웠기에 4대 영법을 구사할 수 있지만, 심폐지구력은 하루아침에 키워지는 것은 아니어서 장거리 수영에서는 고급반 어머니 회원들께 밀린다. 분명 천천히 가는데, 어찌 그리 오래들 가시는지.

그나마 유일한 운동이었던 수영도 이사하고 가까운 수영장이 없어서 그만두었다. 거의 17~18년을 잊고 지내다가 결혼 직전에 다시 수영 강습을 시작했는데, 신혼집이 다니던 수영장과 멀어져서 또 자연스레 그만두게 되었다. 나의 지나친 운동 부족을 염려했던 아내는 그나마 하던 유일한 운동을 계속하기를 바라서 신혼집 근처에 있는 수영장을 다니라고 종용했지만, 때마침 그 수영장이 리모델링 공사를 시작하는 바람에 나는 아내의 잔소리로부터 벗어날 수 있었다.

시간이 흘러 수영장이 다시 개관했지만, 나는 여전히 수영장에 등록하지 않았다. 결혼 후 일과 집안일을 병행하다 보니 꽤나 시간이 부족해졌기 때문이다. 수영장에 한번 다녀오려면 일부러 시간을 내야 하는데 그게 은근히 부담스러웠다. 씻고 수영복 갈아

입고, 강습 한 시간 받고 다시 씻고 옷 갈아입고 집에 오면 넉넉잡아 기본 2시간인데, 매일 강습 받는 것은 아니라 해도 꽉 짜인 생활 패턴 안에서 운동에 쏟아부을 시간을 낼 여유가 없었다.

닦달하는 아내에게 내가 제안한 것이 자전거 타기였다. 40분에서 1시간 정도 바짝 타고 오면 수영보다는 시간이 적게 걸릴 것 같다는 계산이 깔려 있었다. 하지만 막상 자전거를 타려고 보니 가장 큰 이슈는 운동기구인 자전거에 있었다. 큰마음 먹고 사놓고는 몇 번 타다가 흥미를 잃고 방치될 수도 있었다. 아무리 싼 생활형 자전거라도 최소 20~30만 원은 줘야 하는데, 그냥 세워놓고 비 맞히며 녹슬어가는 걸 보면 죄책감만 커질 게 뻔했다.

그래서 생각한 것이 공공 자전거 '따릉이'였다. 때마침 우리 멍멍이 연고가 필요해서 동물 약국을 갈 일이 생기는 바람에 우선 한 시간을 시험삼아 타보았다. 정말 오랜만에 타는 자전거였기에 다리 근육이 터져나갈 것 같았지만, 한겨울에도 땀이 뻘뻘 나는 게 제대로 운동이 되는 느낌이었다. (변속기가 있는 줄도 모르고, 오르막길 내리막길 모두 2단으로 다녀서 몇 배는 더 힘든 거였다.)

게다가 '동네 구경' 하는 맛도 있어서 아예 1년 정기권을 구입했다. 1일, 1시간 이용권이 천 원인데, 1년 정기권은 단돈 3만 원이라는 파격적인 가격이었다.

주변 대여소에 대여 가능한 자전거만 있으면 언제든 이용할 수 있다는 것, 그것은 조금만 달리 생각해보면 1년에 겨우 3만 원으로 내 자전거 한 대를 갖는 것과 같은 일이다.

자전거를 아무리 많이 타더라도 하루 1시간, 최대 2시간이었다. 내 소유의 자전거를 가지고 있다면 남은 시간은 그냥 세워두게 된다. 그렇다면 필요할 때 따릉이 한두 시간 빌려 타는 것과 한 대 사서 직접 소유하는 것에 무슨 차이가 있단 말인가. 게다가 반납만 잘하면, 도난을 걱정할 일도 없고, 고장 나면 시에서 알아서 잘 고쳐 두니 유지 보수를 위해 비용과 시간과 노력을 들일 필요도 없다. 내가 할 일은 선진 시민(?)답게 그저 고장난 자전거를 성실히 신고하기만 하면 된다. 이 얼마나 편리한 시스템인가. 이렇게 다른 요소까지 생각해보면 이쪽이 몇 배는 더 합리적이다.

물론 이 따릉이에게도 아쉬운 점이 전혀 없는 것은 아니다. 가까운 곳에 따릉이 대여소가 없는 경우 대여소를 찾아서 꽤 걸어야 한다. 주로 사람들의 통행량이 많은 공공 시설물 근처에 대여소가 위치하다 보니 주택가 밀집 지역에서는 조금 걸어 나와야 대여소를 찾을 수 있다. 걸어 나오는 그 시간에 한 대 남은 자전거를 다른 이가 빌려가는 상황을 종종 겪기도 한다. 특히 인기 대여소일수록 꽤나 경쟁이 치열해서 밤사이 20대가 넘는 자전거가 세워져 있다가도 다음 날 오전에 대여소가 텅텅 비는 일도 자주 생긴다. 심한 경우 주변 두세 개 대여소가 전부 회색(대여 가능 대수 0)으로 바뀐 걸 본 적도 있다.

2천 개가 넘는 대여소의 이용 가능 자전거 숫자를 예측하고, 항시 이용 가능한 숫자를 일정 수준 이상으로 유지한다는 게 보통 일은 아닐 것이다. 확률 과정, 마르코프 체인, 네트워크 이론 등등의 이름만 들어도 어질어질한 온갖 수리 모델을 도입해도, 모든 대여소에 대기 숫자 0을 없애는 것은 불가능한 목표일지도 모른다. 가끔씩 화물차 짐칸에 따릉이를 잔뜩 싣고 와서는 빈 대여소에 내려놓는 장면을 볼 때마다 어쩐지 짠한 마음이 든다. 그래, 어쩌면 이것이 가장 현실적인 해법이겠지.

운 좋게 한 대 남은 자전거를 대여했는데 자전거의 상태가 썩 좋지 못한 경우도 종종 있다. 그런 경우는 그저 내가 타는 동안은 별다른 말썽이 생기지 않기를 바라는 수밖에 없다. 페달을 밟을 때마다 끼릭끼릭 쇳소리가 난다거나, 요철을 지날 때마다 안장이 조금씩 내려온다거나, 타이어에 공기압이 부족한 건 양반이다. 대략 100m쯤 달렸는데 팅~ 하는 소리와 함께 브레이크가 갑자기 고장나서 바로 대여소로 유턴했던 적도 있었다.

자전거 고수들이 지적하는 따릉이의 또 다른 아쉬운 점은 자전거가 무거워서 잘 안 나간다는 것과, 변속기가 3단뿐이라서 주행 효율이 상당히 나쁘다는 것이다. 하지만 나에게 만큼은 장점이었다. 어차피 운동하기 위해 타는 것이니 주행 효율이 나쁘다는 건 오히려 내게는 운동 부하가 커진다는 점으로 작용했다. 무겁고 잘 안 나가서, 힘들게 발버둥칠수록 더 많은 칼로리가 소모

된다. 도로 상태가 좋은 곳에서 스피드를 즐기며 달리는 것이 목적이 아니었으니 말이다. 특히 오르막을 오를 때는 아주 짜릿해지기까지 한다. 허벅지에 오는 자극을 느끼다 보면 아무리 추운 날도 땀이 흐르지 않을 수 없다.

그랬다. 그것은 상대의 단점마저 장점으로 승화시킨 진정한 사랑이었는지도 모른다.

하지만 세상 모든 좋은 일에는 항상 마가 끼는 법. 다른 이유로 따릉이를 잠시나마 포기해야 했던 상황이 찾아오고야 말았다.

복부비만아재의다이어트 2

집에 옷걸이,
아니, 실내
자전거가 생겼다

"건강하게 살아보자고 운동하다가 폐병 걸리게 생겼다."

아내가 따릉이 금지령을 내리며 내게 했던 말이다. 2018년, 그 해는 예전에 비해 미세먼지가 정말 심했다. 특히 가을부터 다음 해인 2019년 연초까지는 거의 역대급이라고 불러도 좋을 만큼 심한 미세먼지가 자주 발생했다.

그 발생 원인을 두고 말들이 많았지만, 당장 해법이라고 시행했던 비상저감조치라는 것도 실효성에 대한 의문만 무성했다. 아무튼 정부에서 외출을 자제하라고 반복적으로 안내 문자를 매일 보내는 판국에 자전거를 타고 운동을 하러 나가는 건 자살행위나 다름없었다.

방진 마스크를 착용하고 운동하는 걸 고려해보기도 했지만, 마스크를 5분만 착용해도 입김 때문에 안경에 김이 서렸다. 나중에야 배기구가 장착된 마스크를 착용함으로써 해결했지만, 이때만 해도 그런 신박한 물건이 있는 줄은 전혀 몰랐으니, 한동안 자전거를 포기하는 것으로 결론이 날 수밖에 없었다. 안경에 김이 난 채로 자전거를 탄다는 건 눈을 가리고 걸어 다니겠다는 것과 다를 바가 없었으니 말이다. 이웃나라를 잘 둔 덕분에 운동조차 마음대로 할 수 없는 이런 험한 환경에 살아야 한다는 게 상당히 불만스럽지만, 일단은 다른 대안을 찾아야만 했다. 그렇다고 운동을 아예 안 할 수는 없으니 말이다.

그래서 생각해낸 것이 줄넘기였다. 익히 알려진 대로 줄넘기는 꽤나 효과적인 유산소 운동이었고, 무게를 무겁게 만든 줄을 가지고 하면 근력 운동까지 된다. 게다가 자전거처럼 빠른 속도로 이동하지 않아도 되니, 안경에 김이 끼든지 말든지 앞이 안 보여 위험한 일은 없었다.

동네 대형마트에서 저렴한 학생용 줄넘기 줄을 사다가 대략 일주일쯤 해봤는데, 제법 할 만했다. 이후 손잡이에 무게추가 들어 있어 제법 무거운 전문가용(?) 줄넘기 줄을 인터넷으로 구매해서 한동안 열심히 했다. 운동이니 꾹 참고 꾸준히 했지만, 사실 줄넘기는 그닥 재미있는 운동은 아니라는 걸 깨달았다. 어릴 때처럼 100개, 200개를 연속으로 계속 잘할 수 있지도 않아서 30개 정도 넘으면 여지없이 발이 걸려서 짜증이 좀 났고, 한자리에서 계속 폴짝폴짝 뛰기만 하니 꽤 지루했다.

줄넘기를 한 지 얼마 못 가서 뒤꿈치를 중심으로 발바닥이 아파왔다. 족저근막염. 중년의 흔한 질병 중 하나로, 서 있거나 걸을 때 혹은 달릴 때 오는 발바닥의 통증이 딱 그 병이었다. 줄넘기를 하면 할수록 통증은 점점 더 심해져왔다. 생각해보면 이것 또한 아이러니였다. 늘어난 체중을 줄여보려고 운동을 하는데 하필 그 늘어난 체중이 발바닥의 통증을 악화시켜 더 이상 운동을 할 수 없게 되다니.

허탈한 웃음이 밀려왔다. 운동을 하려고 하면 그 운동을 기피하거나 혹은 할 수 없는 다른 현실적인 이유가 꼭 하나씩은 생겼다. 결국 줄넘기 역시 중단할 수밖에 없었다. 일단 무리하지 않고 휴식과 마사지를 통해 최대한 회복하는 것이 가장 좋은 치료법이었으니 말이다.

이런저런 고민 끝에 시작한 것이 한창 유행하는 간헐적 단식이었다. 사실 방법은 매우 쉬웠다. 아침, 점심은 먹고 그 외에는 아무것도 먹지 않는 것이 전부였다. 좀더 쉽게 생각해보면 그냥 저녁을 굶는 다이어트였다. 어차피 아내는 매일 야근이었고, 나 혼자서 해결하는 저녁식사가 솔직히 좀 귀찮기도 했었는데, 이렇게 단식이라는 좋은 명분마저 있으니, 챙겨 먹고 설거지하는 그 귀찮음으로부터 잠시 해방되는 기분도 들었다.

단식을 시작한 초반 몇 개월간, 실제로 제법 효과가 있었다. 약 4kg까지 서서히 감량에 성공한 것이다. 다만 운동과 병행하지 않았으니 효과가 제한적이었고, 그 이후부터는 정체기가 시작되었다. 무엇보다 문제는 허리둘레를 포함한 뱃살이 그다지 줄지 않았다는 것이었다. 변하지 않는 체중에 지쳐갈 무렵, 어딘가 모르게 몸이 계속 축나는 것 같은 신호가 오기 시작했다. 그렇잖아도 그다지 굵지 않은 팔다리에 근육이 점점 더 빠지고 힘도 약해지고 있었다. 사실 간헐적 단식에 대해 논란이 많은 데다, 이렇게 직접적인 근육 손실을 겪고 보니, 과연 이걸 계속 하는 것이 맞는 것인가에 대한 회의감이 들기 시작했다. 건강을 위해서 시작한 단식과 감량인데, 건강을 해치면서까지 계속할 수는 없는 노릇이니까. 그래서 그것 역시 중단할 수밖에 없었다.

그렇게 한동안 '운동을 하긴 해야 하는데……' 정도의 마음만을 간직한 채로 그냥 그렇게 지내고 있다가 어째서인지 체중이 예전보다 더 늘어버리고 말았다. 이게 바로 흔히 말하는 요요현상인 모양이다. 사실 그때쯤엔 그냥 될 대로 되라는 마음으로 다 놓아버리고 싶었다. 뱃살은 원래 중년 남자의 상징이자 인덕 아닌가, 하는 자기 합리화를 하면서.

하지만 우리는 '의지의 한국인'이란 말을 어릴 적부터 귀에 못이 박히도록 들어오지 않았던가. 아내는 아직 내 뱃살을 포기하지 않았다. 아니, 어쩌면 요요현상 때문에 늘어난 내 뱃살을 보며 위기감이 더 커졌던 건지도 모르겠다. 아내는 다시 한번 내가 운동을 하게 만들 방법을 고민하기 시작했다. 수영장 등록부터 시작해서, 이번에는 웨이트 트레이닝 PT를 받아보는 건 어떠냐는 이야기까지 나왔다. 예전에 잠깐이나마 웨이트 트레이닝을 해본 적이 있어 나와는 잘 맞지 않는 운동이라는 걸 잘 알고 있었다.

이렇게 아내가 애쓰니 나도 다시 힘내보기로 했다. 내 대안은 실내 자전거였다. 하지만 처음부터 아내의 완강한 반대에 부딪히고 말았다. 가뜩이나 집이 좁은데 어디에다 놔둘 것이며, 보나마나 한 달이 지나면 옷걸이가 될 거라 했다. 특히 지난번 줄넘기 사례를 생각해보면, 이것 역시 어느 순간 하지 못할 이유가 생겨서 짐 덩어리가 될 거라고 했다.

나는 나의 게으르니즘에는 오히려 그게 최고의 물건이 될지도 모른다는 점을 아내에게 강변했다. 운동하려고 준비해서 집 밖으로 나갈 필요가 없으니, 아침에 일어나자마자 땀 흘려 운동하고 바로 샤워하면 그날의 준비를 마칠 수 있다는 편의성을 어필했다. 또한 방구석에서 자전거 타고 있으면 재미없을 거라는 우려는 휴대폰 거치대를 구해서 유튜브를 보며 운동하면 된다고 설득했다. 내가 거기까지 이야기하자 이번에는 나의 의지를 느낀 것인지, 아내도 승복하여 내게 타협안을 제시했다. 일단 저렴한 중고 실내 자전거를 사서 얼마나 활용도가 높은지를 한번 보고, 운동을 열심히 하면 그때는 좋은 신품을 사주겠다고 말이다. 당연히 동의했다. 사실 내 입장에서는 중고든 신품이든 전혀 상관이 없었다.

그저 기능상의 하자가 없는 실내 자전거이기만 하다면 결국 나머지는 타는 사람 몫이니까. 중고 자전거를 그리 쉽게 구할 수 있을지 걱정하는 나에게 아내는 피식 웃으며 말했다.

"내가 장담하는데, 이미 쓸 만한 매물이 상당히 올라와 있을 거야. 어쩌면 운동기구 중에서 가장 매물 숫자가 많은 장비라는 데 내가 500원 건다."

아. 맞는 말이다. 지금도 전국 방방곡곡 방구석에 방치된 채 먼지만 쌓여가고 있는 옷걸이들, 아니 실내 자전거들을 얼른 처분하고 싶어서 저렴한 가격에 매물로 내놓는 사람들이 분명 한둘이 아닐 것이다.

역시나. 아내는 휴대폰을 들여다본 지 30분이 채 되지 않아서 '중고를 파는 어느 평화로운 나라'에서 꽤 괜찮은 매물 하나를 발견했다. 신품 가격이 꽤 비싼데도 불구하고 판매가는 단돈 5만 원. 집에서 그리 멀지 않은 곳이라 직접 물건을 가지러 가기도 편리했다. 그 자리에서 판매자와 연락해서 거래하기로 결정하고 만날 날짜를 정했다.

자전거를 가지러 간 그날은 잊을 수 없다. 하필 태풍이 올라와서 무서운 강풍을 뚫고 가야 했기 때문이다. 큰 나뭇가지가 부러지거나, 나무가 뿌리째 뽑혀서 간선도로 위에 쓰러져 있을 만큼 험악한 날씨였다. 이런 날씨에, 5만 원짜리 실내 자전거를 가지러 가야 하다니. 아내는 바람이 더 강해지기 전에 빨리 다녀오자고 재촉했다. 마치 목숨 걸고 라이언 일병을 구하러 떠나는 것처럼 어딘가 모르게 비장한 마음이 들면서도, 한편으로 운동만 하려고 하면 이런 방해 요소가 생긴다며 가는 내내 우리 둘 다 실없는 웃음이 새어 나왔다.

판매자분은 태풍을 뚫고 자전거를 가지러 온 것에 놀라워하면서 친절하게 주차장까지 자전거를 함께 옮겨주었을 뿐 아니라, 차에 싣는 것까지 도와주셨다. 사실 출발 전에 자전거가 굉장히 무겁다는 이야기를 듣고 분해에 필요한 공구까지 챙겨갔지만 굳이 그럴 필요까지 없었다. 비록 소형차이기는 하지만 해치백이라서 뒷좌석을 눕혔더니 어찌어찌 자전거를 구겨 넣을 수 있었다. 현금으로 자전거값을 셈하고 다시금 길가에 널브러진 가로수 파편들을 뚫고 집에 왔다. 집으로 들이기 위해 다시 한번 아내와 함께 끙차끙차 힘을 써야 했지만, 생각보다는 그리 어렵지 않게, 무사히 방으로 자전거를 들여놓을 수 있었다. 아내는 남편의 건강을 위해서 자신이 인테리어 한 집이 망가지는 것을 기꺼이 감수하고 작은 방 하나를 예비 옷걸이에게 내어주었으며, 그도 모자라 이렇게 옮기는 데 힘까지 쓰며 적극적인 지원을 아끼지 않았다.

실내 자전거 역시 '생각보다 할 만했다'. 약 20분 정도 타면 온몸에서 땀에 줄줄 흐르고 숨이 차올랐다. 아침에 간단하게 요기를 하고 나서, 땀이 꽤 날 때까지 실내 자전거를 열심히 탄 다음, 샤워하는 패턴이 이어졌다. 계획했던 것처럼, 실내 자전거를 타며 유튜브를 보는 새로운 취미도 갖게 되었다.

하지만 실내 자전거를 타며 하루를 운동으로 시작하던 습관은 또 다른 이유에서 다시 한번 바뀌게 된다.

결국
내 사랑
따릉이에게로

재택 근무자였던 나는 2019년부터 개인 사무실을 갖게 되면서 생활 패턴이 변했다. 집에서 일할 때야 샤워하고 책상 앞에 앉으면 바로 하루 일과가 시작됐지만, 사무실이 생기면서 출퇴근을 다시 겪게 된 것이다. 다행히 신혼집과 사무실 모두 지하철역 근처에 있었다. 게다가 사무실은 집에서 정차역 4개, 열차를 기다리는 시간을 제외하면 약 7분 정도면 도착할 수 있는 가까운 거리에 있어 힘들지 않게 다닐 수 있었다.

자동차는 주차장에 세워진 채로 마트 갈 때만 출동하는 엔진 달린 쇼핑 카트 신세로 전락하고 말았다. 지하철이 생각했던 것 이상으로 편리한 교통수단임을 인정할 수밖에 없었다. 주차 걱정도 없고 이동 중에 딴짓도 할 수 있다. 왜 다들 역세권 역세권 하는지 알 만했다.

지하철로 출퇴근하던 어느 날, 퇴근길에 문득 반대 방향으로 걸어가고 싶은 마음이 들었다. 이유는 사실 무진장 단순했다. 반대쪽 길은 한 번도 가본 적이 없어 동네가 어찌 생겼는지 조금 궁금했다는 것, 그게 전부였다. 내가 알고 있는 사무실 주변의 풍경은 늘 지하철역 출구에서 사무실 입구에 이르는 100m 정도의 풍경이 다였다.

다음 역까지 바깥바람을 쐬고 동네 구경을 한다는 마음으로 가볍게 걷기 시작했는데, 그날 결국 집까지 걸어버렸다.

걷는 것 자체가 오랜만이었다. 처음 보는 동네의 풍경에 매료되어 걷는 재미가 있었다. 단 한 번도 읽어본 적은 없지만, 제목만 봐도 그 내용이 심히 유쾌할 것만 같은 사이토 이사부의 '살짝 미치면 인생이 즐겁다'처럼, 나는 그날 정말로 살짝 미쳤었다고 해도 좋을 것 같다. 시나브로 찾아온 가을의 서늘한 공기에 취해서였을까. 그 한 시간에 살짝 못 미치는 짧은 시간이 나에겐 여행이었다. 한 번도 가보지 못한 곳을 지나가며 낯선 풍경을 음미하는 것, 그 풍경을 직접 걸으며 보고 듣고 냄새 맡으며 내 몸을 풍경 속에 빠져들게 하는 것. 그게 바로 여행이니까.

집에 도착해서 아내에게 나의 걷기 여행의 감상을 늘어놓았다. '걷기에는 좀 먼 거리였을 텐데 그걸 걸었냐'며 깜짝 놀랐지만 나의 감상을 듣고는 어느 정도 납득해주었다. 그녀 역시 가끔은 걸으며 그렇게 리프레쉬를 할 필요가 있다는 데 공감하기 때문이었는지, 아니면 남편이 워낙 좀 엉뚱한 데가 있다는 것을 익히 알고 있었기 때문인지는 모르겠지만 말이다.

그날의 그 도보 여행이 즐거웠던 나는 아내에게 이제부터는 자전거로 출퇴근을 해야겠다고 선언했다. 어차피 집에서도 실내 자전거로 운동을 하고 있으니, 밖에서도 자전거를 타면 건강에 더 좋을 것 같다는 생각이 들었고, 때마침 작년에 비해 미세먼지 발생 일수가 많이 줄어서 이젠 자전거 타고 돌아다녀도 괜찮을 정도가 되었기 때문이었다. 만약 미세먼지가 심해지면 얼마 전에 새로 산 공업용 방진 마스크를 쓰고 다닐 계획이었다. 가격은 좀 비쌌지만 배기구가 장착되어 있어서 김서림 없이 마스크를 쓰고 다닐 수 있게 되었다.

오랜만에 따릉이 1년 정기권을 구입했다. 그리고 다음 날부터 따릉이를 타고 출퇴근을 시작했다. 서둘러 달리면 약 20분, 조금 여유 부리며 유람하듯 타면 약 30분이 소요되었다. 물론 지하철을 타는 것보다야 오래 걸리기는 하지만, 지하철 기다리는 시간까지 감안하면, 그리 크게 차이 나는 시간도 아니었다.

며칠간 내가 자전거로 출퇴근하는 모습을 본 아내는 실내 자전거는 당분간은 쉬는 것이 어떠냐고 했다. 출퇴근하며 왕복하는 거리라면 충분히 운동이 될 정도의 거리인 데다, 운동이라는 게 너무 과하게 하면 금세 심신이 지쳐 길게 하지 못하는 수도 있고, 자칫 잘못하면 몸 어딘가에 다른 이상이 생길 수도 있기 때문이었다. 아내의 말도 일리가 있었다. 그래서 아침에 타던 실내 자전거는 당분간 쉬게 되었다. 비나 눈 혹은 심각한 한파가 닥쳐서 자전거로 출퇴근이 곤란할 때 부족한 운동량을 채우기 위한 보조 수단으로 이용하기로 했다. 그렇게 옷걸이가 될까 걱정했는데, 결국 부분적인 옷걸이가 되고 말았다.

자전거 출퇴근은 이 글을 쓰고 있는 지금까지도 계속 이어지고 있다. 그사이 겨울이 오고 온도가 영하권으로 떨어지는 바람에 방한 대책을 강구해야만 했지만, 아직까지는 추워서 못 탈 상황까지는 오지 않았다.

지금까지 나의 '다이어트 방황'을 본 사람이라면 내가 운동이든 다이어트든 무언가 한 가지를 진득하게 하지 못하고 있으니 이번의 자전거라고 오래가겠냐고 비아냥거릴 수도 있다. 맞다. 분명 그럴 가능성이 있다. 하지만 그런들 또 어떠랴. 비록 종목은 계속 바뀌고 있지만, 건강을 위해 감량을 하겠다는 그 의지만 꾸준하다면 되는 것 아닐까. 지금까지 도전했던 이런저런 방법들은 '나에게 맞는 건강관리 방법'을 찾기 위한 지난한 과정일 수도 있다. 언젠가 '꽤나 오래 즐길 수 있는 운동'을 찾아낸다면 그건 아마도 지금의 이 시행착오가 밑거름이 되었기에 가능한 일일 것이다.

일주일에 4~5회 이상, 제법 빠르게 심박수를 뛰게 하고 땀을 흘리며, 중강도 이상의 운동을 꾸준히 계속한다는 것. 그리고 과식하지 않고 절제해야 한다는 그 사실을 잊지 않고 실천할 수만 있다면 그것으로 족하다. 체중 감소가 정체되었을 때 힘들어하는 나에게 아내가 한마디 해줬다. "적게 먹고 꾸준히 운동한다면 배는 언젠가 반드시 빠지게 되어 있어. 시간이 걸릴 뿐이야." 다이어트는 긴 호흡을 가지고 임해야 한다. 비록 종목이 이리저리 바뀌더라도 쉬지 않고 계속하는 것, 그것이 가장 중요하다.

그러다 보면 언젠가 나의 이 D컵 배도 부피가 줄어들기 시작할 것이다. 점점 줄다 보면 A컵이 될 테고 건강한 아저씨(A저씨)로 거듭나는 날이 오지 않을까. 속 썩이던 건강상의 문제에서 조금은 벗어나는 날이 오기를 기대하며…… 다이어트는 계속된다.

단거는 Danger
설탕과 기름진 것을
너무 사랑했던
참회의 기록

"당신, 어쩐지 곰돌이 푸우 같아."

어느 나른한 주말 아침. 잠을 깨우기 위해 믹스커피를 타고 있던 나에게 아내가 뜬금없이 내던진 한마디였다. 분명 아랫도리는 제대로 잘 입고 있는데 무슨 소리람.

"점점 배도 동그랗게 나오고 얼굴도 동글동글해져서 갈수록 곰돌이 같아지고 있어. 근데 그렇게 커피 탄다고 한 손에 꿀단지까지 들고 있으니 누가 봐도 완전 푸우야."

그랬다. 나는 믹스커피를 마셔도 그냥 마시는 게 아니라 반드시 약간의 꿀과 우유를 넣어서 마셨다. 아내는 그날 커피에 꿀을 붓고 있는 나를 보고 그런 말을 했던 것이다. 그건 애정이 담겨 있기는 해도 분명 놀림이었다.

그녀가 틀린 말을 한 것은 아니었다. 결혼하고 나서 2년 만에 체중이 무려 8kg이 늘었다. 갈수록 배가 나오다 보니 의자에 앉을 때 스스로 뱃살이 감당이 안 되는 느낌이었고, 심지어 양말을 신을 때 뱃살이 눌려서 상당히 불편했다.

당시에는 그냥 웃고 넘겼는데, 이놈의 뱃살을 빼고야 말겠다고 마음먹은 이상, 먹는 것 역시 신경 쓰지 않을 수가 없었다. 아무리 열심히 운동해서 열량을 소모해도 먹는 걸로 그 열량을 보충한다면 나의 이 D컵 배는 그대로일 수밖에 없을 것이다. 먼저 그동안의 내 식습관과 음식 취향에 관한 참회의 과정이 필요했다. 일단 문제의 원인이 뭔지 알아야 식단 조절이라는 처방이 있을 테니까 말이다. 물론, 글 쓰는 내내 입안에 군침이 살살 돌기는 했지만 이번 글은 분명 내 참회의 기록이다. 믿어주시기 바란다. (상표 및 상호를 언급할 참이지만, 충분히 그런 대접을 받을 가치가 있다.)

나는 달거나 기름진 음식을 사랑한다. 결혼하고 난 다음부터는 반강제로라도 '몸에 좋은 음식'을 해주시던 어머니에게서 분가를 했으니, 그때부터는 내 입맛에 맞는 음식만 매일같이 골라서 먹었을 테지. 게다가 지금과는 달리 예전에는 유산소 운동을 별로 하지 않았으니 살이 찌는 데 상당한 시너지 효과를 불러일으켰을 것이다.

믹스커피를 탈 때는 커피 한 봉을 컵에 붓고 꿀 두 티스푼 정도를 추가해준다. 거기에 더운물을 부은 다음 우유 약 70cc 정도를 추가한다. 마지막에 시나몬 파우더를 살짝 첨가하면 금상첨화다. 웬만한 카페에서 파는 맛 좋은 커피 정도의 맛이 나온다. 아주 적당히 미지근해져서 바로 마시기 좋은 온도가 되는 건 덤이다.

면을 사랑한다. 우리 부부는 일주일에 한 번씩 꼭 파스타를 해 먹었다. 알리오올리오, 버섯 크림소스, 미트볼 토마토소스 스파게티. 특히 알리오올리오는 너무 자주 해 먹다 보니 이젠 제법 근사한 맛이 나기 시작할 정도였다. 이건 아내도 인정했다. 확실히 한 우물만 계속 팠더니 실력이 향상된 것이다. 아내가 매운 음식을 좋아해서 파스타치고는 제법 맵지만, 약간의 허브를 추가하여 풍미를 돋우고 간수를 적절히 활용하여 오일소스를 크리미하게 만들어내면 면발 사이사이에 스며들어 촉촉한 식감을 즐길 수 있다.

집에서 약 10분 정도만 걸어가면 '스키마야'라는 이름의 제법 맛이 좋은 일식 라면집이 나온다. 일식 라면을 테마로 한 영화 〈담뽀뽀〉를 보다가 등장인물들이 라면 먹는 장면을 보고는 참을 수가 없어서 동네에서 가장 가까운 라면집을 검색해서 찾은 집이 그 집이다. 일단 가까우니 급한 불, 아니 급한 식욕이라도 꺼보자 싶은 마음에 찾아간 집인데…… 맛집이었다. 그래서 단골이 되어 버렸고 지금도 일주일에 한 번은 반드시 먹으러 간다. 이 집의 라면 국물은 돼지뼈를 우려낸 돈코츠를 베이스로 해서 상당히 고소하고 진한데, 그중 쇼유라면에 면은 호소면(가는 면)으로 고르는 것이 내 기준에는 가장 맛이 좋았다. 한 젓가락 입안에 후루룩 넣을 때 확 퍼지는 스프의 풍미와 직접 뽑아낸 면의 식감이 정말 기막히다. 그 맛 좋은 라면이 겨우 몇 젓가락 후루룩 대다 보면 금세 사라지는 것이 못내 아쉬워서 늘 면과 차슈를 추가해서 먹는다. 초반에는 그렇게 먹고 나면 숨쉬기 살짝 힘들 정도로 배가 나왔었는데, 요즘은 그렇게 먹어도 적당한 포만감이 들어서 걱정스럽다. 내 위가 늘어난 게 아닐까 싶어서 말이다. 가게는 오픈한 지 2년이 넘었는데도 여전히 연구 개발을 게을리하지 않는다는 게 재미있었다. 한동안은 면발 업그레이드를 한다고 좋아하던 호소면(가는 면)의 판매를 중단하는 바람에 대신 치치면(약간 더 굵은 중면 느낌)을 먹으며 기다려야 했었다. 이 집 라면을 애정하는 입장에서는 얼마든지 기다려줄 수 있다. 연구 개발이라는 것도 열정과 정성이 있어야 할 수 있는 것이니까. 이 집 라면을 그렇게 좋아하는 나를 보고, 언젠가 아내가 물은 적이 있었다. 우리 임대 계약 만료되어서 이사 가게 되면 어쩔 거냐고 말이다. 고민할 것도 없다. 멀지 않은 곳으로 이사하게 되면 일주일에 한 번씩 지하철 타고 와서 먹고 갈 것이고, 먼 곳으로 가면 그보다 덜 자주 와서 먹고 갈 것이다.

집에서 혼자 술을 마시고 싶을 때면 늘 탕수육 한 접시를 시켰

163

다. 거기에 곁들여 위스키를 스트레이트로 마시면 그 맛은 세상 모든 안주를 잊게 만드는 매력이 있다. 목구멍을 자극하는 위스키의 그 지독하게 쓴맛에 '크흐' 하는 신음이 절로 나올 때쯤, 바삭한 탕수육 한 조각을 새콤달콤한 소스에 깊이 담갔다가, 그 소스를 한 방울이라도 흘릴까 서둘러 입속으로 가져간다. 달콤한 탕수육 소스가 혀에 처음 감길 때의 그 맛이란! 고단한 하루를 보내고 지쳐버린 내 심신을 위로해주는 것 같은 착각마저 드는 맛이다. 그 달달한 소스의 맛에 혀의 긴장이 풀리고 단맛에 무뎌질 무렵이 되면 다시 한번 위스키를 한 모금 입에 머금다 삼킨다. 오크통에서 오랜 시간 숙성되며 배어 나온 그 특유의 기분 좋은 향이 입안 가득 퍼질 때쯤 또다시 느껴지는 그 지독하게 쓴맛은 다시금 그 새콤달콤한 고기 한 점을 갈망하게 만든다.

술 한 잔에 곁들이는 중식요리 한 접시에 온갖 찬사를 쏟아내는 나에게 아내는 옆에서 또 한마디 거든다.

"당신은 술을 마시려고 탕수육을 안주로 먹는 게 아니라 탕수육을 먹으려고 술을 마시는 것 같아."

아무려면 어떠랴. 그저 눈앞의 그 술과 안주가 혀끝을 자극하여 지극히 말초적인 행복을 느낄 수 있으면 그것으로 당장은 충분하니까.

일식 한식 가릴 것 없이 돈카츠를 사랑한다. 일식 돈카츠 프랜 차이즈 중에 사보텐, 그중에서도 죽전역 신세계백화점 식당가에 있던 매장을 좋아했는데, 문을 닫아서 속상할 따름이다. 특제 소스에 찍어먹는 두툼하고 바삭한 돈카츠도 일품이었지만 곁들이는 양배추 샐러드의 포슬포슬한 식감도 굉장히 좋았다. 얼마나 그 샐러드가 좋았던지 집에서 그 식감을 재현해보려고 일제 채칼을 구입해서 연구까지 했다. 몇 차례 시행착오가 있었지만 결국 그 식감을 재현하는 데 성공했고, 마트에서 파는 참깨소스를 얹으면 90%쯤 동일한 맛을 즐길 수 있었다. 한동안 정말 열심히 만들어 먹었는데, 돈카츠 없이 샐러드만 먹자니 오히려 아쉬운 마음이 커져서 역시 직접 가서 사 먹는 게 최고라는 결론에 도달했다.

요새는 동네 탐방을 하다가 발견한 '삼돌이카츠'를 자주 간다. 사보텐 돈카츠처럼 맛도 좋고 양에 비해 가격이 저렴해서 든든하게 먹을 수 있다. 하루는 가게 이름이 왜 '삼돌이'인지 너무 궁금해서 여쭤봤더니, 사장님이 예전에 다른 곳에서 했던 호프집 이름이 삼돌이 호프였다는 단순한 이유였다. 그럼 대체 삼돌이는 왜 그렇게 유래가 깊은가 했더니, 사장님의 이모가 어릴 때부터 그를 늘 삼돌이라고 불러서 그렇게 이름을 지었단다. 동네 맛집답게 소소한 사연이 재미있는 집이라 애정을 담아 다니고 있다.

'악마의 잼'이라는 평을 듣는 누텔라와 플러프 마시멜로를 사랑한다. 그 둘은 상보적 관계다. 한쪽 면에는 누텔라, 다른 한쪽에는 마시멜로를 듬뿍 발라서 먹으면 상당히 잘 어울린다. 누텔라는 고소한 헤이즐넛 향이 일품이지만, 빵에 바르면 약간 퍽퍽해서 목이 메이는 단점이 있다. 이때 플러프 마시멜로가 단맛과 촉촉함을 더해줘서 누텔라가 더 맛있어진다. 반대로 마시멜로는 달콤하기는 하지만 그것만 발라보면 어딘가 모르게 풍미가 부족한데 거기에 누텔라가 풍미를 더해주니 둘은 떼어놓을 수가 없다. 마치 딸기잼과 땅콩버터의 관계와도 비슷하다. 물론 칼로리 폭탄에 다시 칼로리 폭탄을 더했으니 그것들 다 내 뱃살로 간다는 걸 알면서도 그 중독성 강한 맛을 끊기가 쉽지 않았다.

기름기 가득한 식사가 끝날 때면 마무리는 항상 환타 오렌지가 맡는다. 콜라도 좋지만 환타 오렌지는 새콤달콤한 맛이 일품이다. 아, 어딘가 모르게 불량한 느낌이 드는 합성 오렌지의 청량감이여! 그래서 우리집 냉장고에는 늘 환타 오렌지가 준비되어 있었다. 먹고 싶을 때 먹으려면 당연히 준비되어 있어야 했다. 1.5리터 병은 김이 빠지기 전에 먹어야 하니 부지런히 마셨다. 작은 병을 사면 이렇게 부지런히 안 마셔도 될 것 같지만 마트에서 가격표를 보면 항상 큰 병을 살 수밖에 없었다. 가성비는 중요하니까.

크리스피 크림 도넛을 매우 사랑한다. 너무 맛있어서 처음 먹었을 때의 충격을 잊을 수가 없다. 빵의 부드러움과 고소한 기름의 향, 그 위에 영롱하게 빛나는 슈가 코팅의 달콤함에 반하지 않을 수 없으리라. 특히 지금은 사라진 서현역 매장에서는 눈앞에서 컨베이어 벨트를 타고 나오는 도넛을 직접 직원이 시식하라며 손님들마다 따뜻한 상태 그대로 하나씩 쥐어줬는데, Hot Now가 가능한 매장에서 갓 튀겨져 나온 오리지널 글레이즈는 한번 맛보면 절대로 끊을 수 없다. 집에서 멀더라도 Hot Now 시간에 맞춰 매장까지 찾아갈 가치가 분명 있다. 블랙커피를 곁들인다면 앉은 자리에서 4개를 먹고도 아쉬워서 한 박스를 더 사고 싶게 만드는 그런 맛이다. 엘비스 프레슬리가 살아생전 그렇게 좋아해서 3일에 더즌 한 상자를 먹었다던데, 충분히 이해한다.

이야기를 꺼내다 보면 한도 끝도 없이 이어질 이 사랑스러운 음식들의 공통점은, 일단 달다는 것, 그리고 기름진 음식이라는 것이다. 각종 매체에서 건강한 음식, 즉 '고단백, 저지방, 섬유질'을 강조하지만 전부 다 그것과는 대척점에 있는 음식들이다.

나의 이런 식성을 두고 아내는 끊지 못할 거면 좀 줄이는 건 어떻겠냐고 여러 번 이야기했었다. 하지만 나는 계속되는 타박을 방어하기 위해 나의 이 배는 사실 대학원생 시절부터 차곡차곡 쌓아온 것이니 보기보다 유서 깊고 그만큼 빼기 어렵다는 항변 아닌 항변을 한다. 매일같이 반복되는 프로젝트와 야근, 철야 작업, 야식과 배달음식, 하루에 7, 8잔을 물처럼 마셔대던 믹스커피,

그리고 담배와 술, 어느 것 하나 나의 이 뱃살을 키우지 않은 것이 없었다.

나도 안다. 대학원 이야기는 결국 이 사랑스러운 음식들을 끊어야만 한다는 압박감을 잠시나마 피해보고자 벌이는 얄팍한 수작일 뿐이라는 것을. 대학원에서 복부비만이 시작된 것은 사실이지만, 그렇다고 해도 결혼 후 살이 불어난 것은 설명하지 못하니까. 아내 역시 이 대목을 간파하고 금세 이 부분을 지적했지만 나는 또 다른 핑계거리를 들이대며 의미 없는 저항을 해본다.

'결혼한 뒤로는 더 이상 이성을 찾아 헤매거나 이성에게 잘 보이기 위한 에너지를 투입해야 할 필요성이 적다는 걸 몸이 자연히 알아서 그쪽으로 에너지를 안 쓰는 게 아닐까?'

라는 생물학을 빙자한 핑계부터 시작해서,

'당신을 만나기 위해 데이트를 했었는데, 이제 당신이 주말이면 항상 내 곁에 있으니, 굳이 밖에 나갈 이유가 없는 것 아니겠냐. 그러니 밖에서 당신을 만나며 소모하던 에너지가 고스란히 축적되는 거다.'

라는 사회과학의 탈을 쓴 핑계를 대며, 주말에 어째서 우린 데이트도 안 하고 매주 집에만 붙어 있냐고 묻는 아내의 불만을 함께 잠재우기 위한 일타쌍피의 답변을 해보기도 했다.

하지만 사실은 나도 마음속으로는 인정한다. 나이가 들면 기초대사량이 떨어지는데도 불구하고 예전의 생활습관 그대로 살고 있으니, 살이 안 찌는 게 오히려 이상한 일이라는 것을 말이다. 다만 그 맛있는 음식에 대한 집착을 끊어낼 수가 없었기에 계속해서 갈등하고 있었을 뿐이었다.

현실을 받아들이는 건 언제나 고통스러운 법이다. 그리고 그걸 개선하기 위한 노력은 몇 배로 더 고통스럽다. 좋아하는 것들을 포기해야 하니까. 하지만 꼬무룩 사태를 비롯한 작금의 모든 문제의 근원이 복부비만에 있다는데, 결국 이것들을 포기하지 않을 수 없었다.

몸무게의아이러니

이럴 줄 알았으면
그때
살찌우지나 말걸

다이어트를 한다고 그 좋아하는 음식을 한번에 다 끊어(?)버린
것은 아니었다. 평소 먹던 양을 상당량 줄이고, 식사 패턴을 좀더
건강한 방향으로 바꾸어보려고 노력을 한 것이지만, 사실 그것만
해도 예전에 비해서는 큰 발전이었다.

가장 먼저 시작한 건 '설탕'을 줄이는 일이었다. 줄이기만 해도
효과가 제법 있을 것이라고 확신했는데, 그건 평소에 당분 섭취량
이 상당했기 때문이었다.

내가 그토록 사랑하는 환타를 냉장고에서 치워버리고, 더 이상
새로 사지 않고 있다. 한 잔밖에 마시지 않아 대부분이 병에 남아
있던 그 사랑스러운 오렌지빛 액체를 싱크대에 따라 버릴 때의 상
실감이란! 마치 단 한 개비밖에 피우지 않아 아직 19개비나 남아
있는 담배 (거의) 한 갑을 금연하겠다며 그냥 휴지통에 버릴 때만

큼이나 가슴 아팠다. 그만큼의 강한 의지가 있어야 설탕을 끊을 수 있겠다는 생각이 들었기에 그 자리에서 정리해버렸다. 어차피 아깝다고 남은 걸 다 마신다면 힘들여 살을 빼야 하는 것은 내 몫이기 때문이다.

믹스커피도 끊었다. 언제부터 마시기 시작했는지 기억조차 나지 않는 그 달달한 커피를 이제는 더 이상 찾지 않는다. 지금은 블랙커피 혹은 우유가 첨가된 라떼 종류만 마시고 있다. 믹스커피를 끊는 일은 내가 골초이던 시절 담배를 끊겠다는 생각을 했던 것만큼이나 상상하기 힘들었던 일인데, 때마침 생긴 우연으로 어렵지 않게 커피를 바꿀 수 있었다.

2019년 봄, 아내와 나는 스페인으로 여행을 떠났다. 그곳에서는 원치 않게 유럽식 커피, 즉 에스프레소나, 스페인의 대중적인 커피인 꼬르따도를 마실 수밖에 없었다. 설탕이 비치되어 있기는 했지만, 묘하게도 그 커피들은 설탕을 타서 마시면, 믹스커피 같은 좋은 달달함이 아닌, 어딘가 모르게 서로 어울리지 않는 것처럼 겉도는 맛이 났다. 마치 메탈릭 블루로 칠한 대형 세단 같은 느낌이랄까. 따로 두면 각각 좋은 맛인데, 이상하게 한데 섞으면 어울리지가 않았다. 그래서 아예 설탕을 빼놓고 있는 그대로 마시기 시작했는데, 그 쓴맛의 커피에서 그전까지 모르고 있던 무언가 새로운 맛을 찾을 수 있었다. 덕분에 한국에 돌아와서 믹스커

171

피를 비교적 어렵지 않게 끊었다. 다만 인스턴트 블랙커피는 어딘가 모르게 맛이 좀 아쉬워서 보급형 캡슐커피 머신을 사서 현재는 나름대로 맛 좋은 원두커피를 즐기고 있다. 에스프레소나 룽고, 혹은 라떼 종류를 마시면 굳이 설탕을 넣지 않아도 상당히 훌륭한 맛이 난다.

탕수육과 크리스피크림 도넛은, 각각 1년에 2~3번 정도로 횟수를 줄였다. 중국집 쿠폰이 더 이상 잘 모이지 않아 이사 가기 전에 과연 서비스 탕수육을 먹을 수 있을지 걱정이 되기는 하지만, 사실 뱃살이 들어가기만 한다면야 그까짓 서비스 탕수육 한 접시 얼마든지 포기할 수 있다. 탕수육을 적게 먹으니 술의 소비도 그에 맞추어 급격히 줄어든 것을 봐서는 확실히 나는 탕수육이 먹고 싶어서 술을 마신 게 맞다고 인정해야 할 것 같다.

악마의 잼 누텔라와 플러프 마시멜로는 더 이상 먹지 않는다. 심지어 그 때문에 빵을 먹는 일도 함께 많이 줄었다. 빵 대신 시리얼과 바나나 한 개로 아침을 대신하고 있다.

파스타와 일식 라면을 비롯한 면 종류와 돈카츠는 여전히 먹고 있기는 하지만, 오직 점심식사로만 먹고 있다. 저녁식사는 아내가 주문해준 샐러드 정기배송에 계란 두 개를 먹는 것으로 대신하고 있다. 그나마 하루 한 끼만이라도 나름은 건강식(?)을 먹고 있는 데다 운동까지 하고 있으니 장기적으로는 분명 효과가 있을 것이다.

새로 먹는 것도 생겼다. 평소에는 절대 쳐다보지도 않았을 카카오닙스를 조금씩 먹고 있다. 심혈관 질환 예방, 중성지방 분해 및 억제, 노화 방지, 다이어트에도 도움이 되고, 심지어 발기부전에도 어느 정도 도움이 된다고 하니 정말이지 나에게는 더할 나위 없이 좋은 건강식품이었다. 맛이 더럽게 없다는 것, 하나만 빼면 말이다. 예전에 아내가 표현하기를 '당신은 절대로 좋아하지 않을 게 확실한 맛'이라고 했는데, 먹어보니, 매우 정확한 표현이었다. '자주 먹다 보니 먹을 만하고, 그 나름의 고소한 맛도 있더라'라는 말을 하고 싶은데, 솔직히 적응하기 힘든 맛이다. 그냥 약 먹듯 두세 번에 나누어서 입에 탁 털어 넣어 우적우적 씹어 먹는다. 이렇게 맛대가리 없는 음식을 몸에 좋다고 옆에 놓고 힘겹게 씹어 먹고 있는 내 자신을 보니, 역시나 '아랫도리의 힘은 위대하다'는 점을 다시 한번 절감한다.

좋아하는 음식들을 끊고, 싫어하는 맛까지 참고 먹으며 살을 빼보겠다고 고군분투하고 있으니 갑자기 예전 생각이 나면서 조금 억울한 마음까지 들었다. 내가 이렇게 살을 '빼기 위해' 고생하게 될지 그때는 상상도 할 수 없었으니, 삶이란 참 부조리하다.

내 키는 173cm인데 다이어트 시작 전 체중은 75kg 정도였다. (숫자만 보면 정상처럼 보이지만 팔다리는 가늘고 배만 나왔다. 배만.) 대학생 때의 몸무게는 정확히 20kg이 적은 55kg이었으니, 정말 비쩍 마른 체격이었던 것이다. 스스로도 내 체형이 상당히 마음에 들지 않았었다. 근육질까지 바라지는 않아도 적당히 건강해 보이는, 그야말로 '평균 체형'이기만 해도 참 좋았을 텐데, 말라도 너무 말랐으니 그 스트레스가 이만저만이 아니었다.

마른 사람들은 알겠지만, 마른 사람이 살 찌워보려고 애쓰는 건, 살 빼는 것만큼이나 힘든 일이다. 나름대로 살을 찌우려고 노력했음에도, 심지어 문제의 대학원생 시절을 보낸 이후에도 배만 좀 나오고 체중은 그대로였다. 정말 독한 마음을 먹고 살을 찌우게 된 계기가 있었으니 대략 30세쯤 되었을 때의 일이었다. 소개팅에서 상당히 마음에 들었던 상대로부터 거절을 당했는데, 주선자가 말하길 내 마른 체형이 별로였다는 것이다. 사실 진짜 이유는 다른 데 있었고, 그건 주선자가 그냥 둘러대기 위해서 지어낸 말이었지만 당시 주선자의 그 거짓말은 나를 독하게 만든 계기가 되었다.

평소엔 관심도 없었던 웨이트 트레이닝과 홈 트레이닝을 시작했고, 필요한 영양을 보충하기 위해 식사량을 늘리고, 계란을 꾸준히 먹고, 단백질 보충제를 먹었으며, 심지어 출근 전 회사 근처 분식집에 가서 라면을 한 그릇씩 사 먹기도 했다. 그러고도 오전 중에 심지어 배가 전혀 고프지 않은데도 편의점 샌드위치를 사서 꾸역꾸역 먹기까지 했으니, 정말로 몸무게가 늘고 나름 근육이 붙어서 보기 좋게 체격이 좋아졌다. 몇 달 만에 65kg까지 증량에 성공했으니, 비록 스스로를 사육하는 기분이 들긴 했지만 어쨌거나 목표했던 바를 이루어내고야 말았던 것이다.

그 덕에 더 이상 사람들로부터 말랐으니 좀 먹으라는 (지금 생각해보면 폭언에 가까운) 말을 듣지 않아도 되니 좋았고, 날카로웠던 인상이 점점 부드러워져서 첫인상이 좋다는 말까지 듣게 되었다.

그로부터 약 10년의 시간이 흐른 지금, 나는 먹으면 그대로 살로 가는 체질이 되어버렸다. 어차피 이렇게 될 줄 알았다면 그때 그렇게 독한 마음으로 열심히 살찌우지 말걸 그랬다.

우리 집 비만 동지 멍멍이

비만은
만병의 근원…
맞구나

과연 '비만'의 기준은 무엇일까. 학회에서는 일정 수준 이상의 BMI 지수 및 허리둘레 등을 기준으로 비만 여부를 판단하고 있지만, 사실 많은 이들이 공감할 만한 기준 중의 하나는 '살'이 건강에 문제를 일으키는지 여부를 보는 것이다. 그런 면에서 본다면 체중 감량 이전의 내 BMI 지수는 24 정도로 그저 '과체중'에 해당하는 수준이었으나, 건강상에 이런저런 문제를 일으켰다는 점을 고려한다면 사실은 '비만'에 해당한다고 보는 게 더 적절할 듯싶다.

아직 비만은 아니지만, 그래도 함께 다이어트를 해야 할 나의 동지가 있다. 바로 우리 집 멍멍이다. 동물병원에서는 현재의 체구를 봤을 때 가장 적당한 몸무게가 1.9kg 정도라고 했으니, 원래는 정말 작은 강아지다. 물론 워낙 치명적인 귀여움을 무기 삼아 그 특유의 고집을 부려 먹을 걸 달라고 애원하는 재주가 탁월한지라 실제로는 2.2kg~2.3kg 부근의 체중을 그럭저럭 잘 유지하고 있었다. 예전에는.

그 절묘했던 균형이 중성화 수술 이후 무너졌다. 몇 해 전, 자궁축농증의 조짐이 보여서 중성화 수술을 받았는데, 건강하게 회복한 이후 정말이지 급격하게 살이 찌고 말았다. 당시 2.9kg으로 견생 최고 체중을 찍었으니, 권장 체중의 거의 1.5배에 달하는 걱정스러운 상황이 되어버린 것이다. 과연 모든 생물이 생식 기능에 쏟아붓는 에너지는 상당하다. 중성화를 통해 생식 기능이 사라지자 살로 바뀐 에너지가 체중의 40%에 육박했으니 말이다.

물론 우리 집사들이 손을 놓고 있었던 것은 아니다. 정기검진 때마다 체중이 늘고 있다는 사실을 인지하면서 더 불지 않도록 주의를 기울였다. 과체중은 강아지에게 관절 문제 등 많은 문제를 낳을 수 있다는 것을 알고 있었기 때문이다. 활동량을 늘려보고자 멍멍이가 예전에 좋아하던 온갖 놀이들을 해보려고 했지만, 이제 중년을 넘어선 멍멍이는 그런 '어린애들의 놀이'에는 그다지 흥미를 느끼지 않았다. 바쁜 시간을 쪼개고 쪼개서 하루에 한 번 하던 산책을 두 번으로 늘려봤지만 효과는 없었다. 역시나, 사람도 마찬가지지만 멍멍이에게 있어서도 한번 불어난 살은 쉽게 빠지지 않았다.

어느 날 평소처럼 멍멍이를 무릎 위에 올려놓고 쓰담쓰담 하다가 목덜미 부근에 무언가 좁쌀만 한 게 만져졌다. 자세히 보니 여드름 같았다. 다행히 염증은 없어 보였지만, 신경이 쓰여서 아내와 함께 집 근처 동물병원에 들렀다. '여드름'인지 '지방종'인지 정확한 명칭은 기억나지 않지만, 지방이 굳어서 올라온 것이라면서 더 자라지 않으면 당장 크게 걱정하지 않아도 되는 증상이라고 했다. 내가 그냥 지나가는 투로 원인이 무엇인지 물었는데, 수의사 선생님은 특히 우리 멍멍이의 경우는 '비만'이 원인이 될 수 있다고 답했다.

그렇지 않아도 진료 전 멍멍이의 몸무게를 보고 의사 선생님이 진지하게 감량을 해야겠다고 말씀하셔서 한차례 뜨끔하던 와중에, 피부 문제까지도 비만이 원인이라고 하니 아내는 집으로 돌아오는 길에 기합이 잔뜩 들어간 선언을 했다.

"내가 그놈의 살 빼버리고 만다. 이제 하다하다 여드름도 비만이 원인이라니. 살찌니까 뭐든 다 그게 원인이래! 이러다가 감기가 걸리거나 배탈이 나도 비만 때문이라고 할 판이야. 우리 멍멍이가 그런 굴욕을 당하게 둘 수는 없다!"

그 수의사 선생님은 멍멍이 다이어트의 핵심 비법을 알려줬다.

"멍멍이들 체중 감량은 운동량 늘리는 걸로는 효과가 그렇게 크지 않아요. 먹는 걸 줄이는 게 가장 확실한 방법이에요."

그날부터 맘마의 1회 급여량을 절반으로 확 줄였다. 갑작스레 줄어든 식사량에 멍멍이가 화를 냈다. 배고프니 당연히 예민해졌겠지. 포만감을 주려고 오이나 삶은 양배추를 먹였다. 하지만 멍멍이 역시 그런 쪽으로는 만만치 않았다. 까까를 얻어먹을 수 있는 온갖 방법—쉬를 하고 온다거나, 재롱을 부린다거나—을 동원해서 자신의 권리를 빼앗기지 않으려고 투쟁했다. 한 달 넘게 멍멍이와 밀고 당기는 기싸움을 하며 급여량을 줄였더니, 서서히 효과가 나타나기 시작했다. 이렇게 몇 달이 지나자 최대 2.4kg까지 감량에 성공했다. 현재는 약간의 요요현상으로 2.6kg에 머무르고 있지만, 더 이상은 찌지 않고 있다.

때마침 문제의 그 여드름인지 지방종인지의 좁쌀만 한 피부질환도 내가 계속 만지작만지작했더니 지방 덩어리가 툭 튀어나오면서 말끔하게 사라졌다. 다이어트도 성공하고 나의 '비수술적 치료'도 성공한 것이다. 하지만 밍밍이 여드름의 원인이 과연 비만 때문이었는지는 계속 의문으로 남아 있었는데, 예상 밖의 일로 의문이 해결됐다.

비뇨기과에서 온갖 검사를 마치고 본격적인 체중 감량을 위해 운동과 다이어트를 시작하던 그 무렵. 내 목덜미와 뒤통수 사이 그 어디쯤에서 꽤나 오랫동안 자라온 뽀루지가 또 말썽이었다. 분명 염증이라서 땡땡 부어올라 누르면 아팠지만 그렇다고 또 곪지는 않아서 아무리 짜내고 싶어도 짜낼 수가 없었다. 게다가 위치가 두피라고 보기에는 목에 더 가까운 위치, 그 어중간한 위치였다. 모낭염인가 싶어 살펴보면 그건 또 아니고, 하여간 이도저도 아닌 아주 기분 나쁜 뽀루지였다.

아예 곪아서 터지면 시원하게 아물고 끝날 텐데, 부었다가 가라앉았다가를 반복하니 마치 사람을 약 올리는 것 같았다. 게다가 위치가 위치인지라 자려고 누우면 베개에 눌려서 미묘하게 신경이 쓰였는데, 그렇다고 병원에 가서 치료를 해야겠다고 생각될 정도의 통증은 아닌 데다가 막상 병원을 가볼까 싶으면 다시 가라앉아서 내 전투 의지를 꺾어놓았다. 근 2년 가까이 그런 상황을 무한 반복해왔으니 나도 꽤나 미련한 놈이라 할 수 있겠지만, 사실은 그것 역시 그 뽀루지라는 놈의 마력이자 생존 전략은 아닐까 싶다. 불편하긴 불편한데 그렇다고 병원을 안 간다고 한들 생활에 크게 지장이 있는 것도 아니니, 귀찮고 번거로워서 '그 정도의 일' 가지고는 병원을 굳이 찾지 않게 되니까 말이다.

하지만 이번에는 그 귀찮음을 무릅쓰고 피부과를 찾게 되었는데, 예전과 달리 부어올랐다가 사그라들고 다시 부어오르는 간격이 너무 짧아졌기 때문이었다. 자리가 자리인지라 아내에게 제발 그놈 좀 짜달라고 부탁했는데, 아내는 익지 않아서 짤 수 없다고 한사코 거절했다. 만져지는 감각이나 크기로 미루어보면 분명히 익어서 짤 수 있는데 뭔 소리냐고 했더니, 그녀가 사진을 찍어 보여주었고 결국 나도 짜는 것을 포기할 수밖에 없었다.

의사 선생님은 "뽀루지가 났군요. 보통은 잘 낫지 않고 계속 커졌다 작아졌다 하면서 아프기만 할 겁니다"라며 항생제 연고와 먹는 약을 처방해주셨다.

"그런데, 혹시 최근에 급격하게 살이 찐 적이 있으신가요?"

의외의 질문이었다. 최근 몇 년 새 8kg이 늘었다고 했더니,

"지금 당장은 처방해 드리는 약을 쓰시면 다 나을 겁니다만, 장기적으로는 운동과 다이어트를 하셔서 체중을 정상으로 줄이는 게 좋겠습니다. 비만일수록 재발할 가능성이 높습니다. 특히 '스트뤠~스'는 상태를 더욱더 악화시키니까 '스트뤠~스' 받는 일은

좀 줄이시고요."

마치 재미교포를 연상케 하는 유려한 발음으로 스트뤠~스를 줄여야 한다고 했다. 호르몬이 지방층을 통과하면서 피부의 저항력이 어찌어찌해서 뾰루지가 나기 쉽게 만든다며 발생 메커니즘을 상세하게 설명해주셨지만, 사실 제대로 귀에 들어오지도 않았다. 오직 비만, 그리고 살을 빼라는 이야기에 꽂혀버렸다. 근데 이 상황, 어디서 경험한 것 같은데, 데자뷰인가. 아, 멍멍이! 뾰루지!

설마. 뾰루지도 비만이 원인이라니. 비만은 만병의 근원이라는 말은 루머가 아니었다. 사실이었다. 아내에게도 이 사실을 알려주자 "헉! 뭐야! 그럼 결국 그 수의사 쌤이 틀린 게 아니었단 말인가!" 놀라워했다. 수의사와 피부과 전문의가 합심하여 만장일치의 의견을 내놓으니 인정할 수밖에 없었다.

문제의 뾰루지는 일주일간 약을 챙겨 먹고, 아침저녁으로 항생제 연고를 열심히 발랐더니, 완전히 사그라들었다. 비록 한 번에 짜서 뽑아내는 카타르시스를 느끼지는 못했지만, 어쨌거나 더 이상 시달리지 않게 되니 꽤나 속 시원했다.

그리고 이번 일을 계기로 나 역시 이를 악물고 다짐할 수밖에 없었다.

'이놈의 뱃살, 이번엔 기필코 빼버리고 만다.'

프로에게 의뢰하는 무좀 치료
무좀을 치료하려면
무좀보다 더
독해져야 한다

목덜미의 뾰루지가 말끔하게 치료되자 피부과 의사 선생님에 대한 신뢰가 급상승했다. 2년 넘게 달고 살았던 골칫거리를 딱 일주일 만에 낫게 해주셨으니 당연한 일이다.

그래서 '이 선생님과 함께라면' 어쩌면 나의 또 다른 고질적인 피부질환을 치료할 수 있을지도 모르겠다는 희망을 품게 되었다. 나의 이 기대는 명작 드라마 〈추노〉의 대길이 이경식 좌상대감에게 했던 대사로 표현하면 이렇다.

"심려 놓으시지요. 국수 자~알 마는 년이 수제비도 잘 끓이는 법 아니겠습니까."

(오해 없으시길 바란다. 원래 극 중 대사가 딱 저랬다.)

문제의 그 피부질환은 사실 매우 흔해서 전 국민의 3분의 1이 걸려 있는 것으로 추정된다는, 무좀이다.

무좀이 별거 아니라고 생각할 수 있겠지만 유병률이 30% 중반을 넘는다는 건, 사실 굉장히 전염력이 강하고 한번 걸리면 잘 낫지도 않으며, 걸려도 잘 치료하지 않고 방치하는 질환이라는 방증이기도 하다. 애초에 워낙 흔해서 '병'이라고 자각하지 못하는 경우도 왕왕 있지만, 이건 명백히 피부과에서 분류한 질병이다.

내 경우만 봐도 그렇다. 태어날 때부터 갖고 태어나지는 않아서 '무좀 없는 세상'에서 살다가 전염되고 말았는데, 치료를 시도했으나 잘 낫지 않아서 지금까지 달고 살고 있었다. 지난번의 그 뾰루지와 마찬가지로 제대로 치료하려면 귀찮고, 그냥 참고 견딜 만하니 무려 25년여를 달고 살았던 것이다.

대략 중고등학생 시절 딱 그 무렵에 감염됐던 것 같다. 어느 날 왼발 두 번째 발가락 위에 작은 수포 같은 것이 올라왔는데, 물집인 줄 알고 아무 생각 없이 터트렸더니 발가락 전체로 감염되고 말았고, 이어서 발 전체로 번져버렸다. 정황상 당시 집에서 유일하게 십수 년간 무좀에 걸려 치료에 성공하지 못했던 선친으로부터 옮았음이 확실하다. 지금도 매번 자조적으로 하는 말이지만, 선친이 내게 물려준 것이 딱 두 가지가 있는데, 하나는 사업을 대차게 말아먹고 생활비 쓴다며 카드 돌려막기하던 천만 원가량의 카드빚을 사회 초년생이던 내게 넘겨준 것이고, 또 다른 하나가 이 지긋지긋한 무좀이다. 온 가족 중 유일하게 나에게만 물려주었다. 고맙기도 하지.

만약 그 작은 수포가 처음 번졌을 때 얼른 피부과로 달려갔다면, 어렵지 않게 치료할 수 있었을지도 모르지만, 솔직히 그때는 뭘 잘 몰랐다. 요즘처럼 많은 정보를 어렵지 않게 접할 수 있었던 시대가 아니었기에, 무좀이란 응당 어른들이나 걸리는 것이고, 나는 아직 '청소년'이니 이게 무좀일 리 없다는 '현실 부정'이 나의 첫 번째 반응이었다. 나중에야 무좀이라는 걸 인정하게 됐지만, 어쩌면 발을 잘 관리하면 나을지도 모른다는 '현실 오판'을 하게 됐다. 게다가 치료하려면 피부과에 들러서 전문의의 도움을 받아야 하는 병이라는 걸 몰랐던 '무지'가 병을 키우게 됐다.

무좀에 대한 나의 잘못된 선입견에 불을 붙인 사건이 하나 있다. 꼬꼬마 시절 선친이 민간요법으로 치료를 하다가 양발의 피부가 홀라당 벗겨져서 근 보름 동안 일상생활을 제대로 못 할 정도로 큰 고통을 겪은 것이다. 어렴풋한 기억으로는 당시 피마자(아주까리) 열매를 달인 물에 발을 담그고 겨우 20~30분 있었던 것 같은데, 그 독성이 어찌나 강했던지 발의 각질이 그대로 녹아버려서 양발 전체가 화상 입은 것처럼 빨갛게 된 무서운 장면이 내 머릿속에 각인되어버렸다. 그걸 본 나는 '무좀이라는 게 정말 무슨 짓을 해도 나을 수 없는 병인지도 모른다. 저런 무시무시한 일을 당하기까지 했는데도 낫질 않았어'라며 무좀 치료에 대한 편견이 생겨버렸다. 일종의 트라우마인 셈이다.

적극적인 치료를 망설이게 한 또 다른 요소는, '감수성 예민한' 청소년기에는 별게 다 부끄럽지만 무좀은 특히 부끄러운 녀석이라 병원에 가서 환부를 내보일 용기가 쉽사리 나질 않았다는 것이다. 지금 생각해보면 별것 아닌 흔한 질병이지만, 원래 '애들'끼리는 그런 걸로도 잘 놀려먹고 하니까. 그러다 보니 치료 시기를 놓쳐버렸고 그때부터 지금까지 쭈욱 달고 살게 되었다. 한번 만성화되니 약을 사다 발라도 눈에 띄는 개선 효과도 없고, 그냥 그렇게 치료 자체를 차일피일 미루게 되었다. 한번은 각질이 심하게 벗겨져 보기 흉해진 발을 보다 못한 어머니가,

"그러지 말고 병원이라도 좀 가봐라. 그러다가 발가락이 썩어 들어가기라도 하면 어쩌려고 그러냐?"

라며 짐짓 무서운 이야기를 곁들여 타박을 하시곤 했는데, 그럴 때마다 나는,

"그까짓 발가락 썩으면 잘라버리지."

라며 택도 없는 헛소리를 지껄이기까지 하면서 병원 가는 걸 귀찮아했다. 지금 와서 무릎 꿇고 반성하며 하는 말이지만, '발가락을 잘라버린다'는 저런 무시무시한 말을 해도 용서받을 수 있는 병은 이 세상에 '통풍 발작' 딱 그거 하나밖에 없다. 그때는 정말이지 내가 뭘 몰랐다.

하지만 지금까지 무좀 치료를 시도하지 않은 건 아니었다. 나

역시 약국에서 이런저런 무좀약들을 사다 발랐었다. 처음에는 당연히 읽어야 할 첨부문서(사용설명서)를 제대로 읽지 않는 바람에 하루이틀 대충 발랐다가 효과가 없으니 때려치우기도 여러 번 했다. 나중에는 설명서에 쓰인 대로 2주간 꾸준히 발라서 어느 정도의 차도를 보였으나, 2주를 다 채운 다음 약을 끊으면 재발하는 악순환이 계속되니 지쳐서 포기한 게 몇 차례 된다.

그로부터 시간이 흘러 30대 초반이 되었을 때, 신문의 건강 코너에서 무좀에 관한 기사를 읽었는데, 무좀이 왜 재발하기 쉬운지, 왜 피부과 전문의의 도움하에 먹는 약을 함께 복용하며 치료를 해야 하는지를 상세하게 설명한 기획기사였다. 그 기사를 읽고 치료법의 정석을 알게 된 나는, 이제부터는 병원에 가서 제대로 치료해보자는 굳은 결심을 세우고 당장 가까운 피부과를 찾았다. 집 근처에는 피부과가 없어 30분 가까이 차를 몰고 나가서, 번화한 동네에 있는 피부비뇨기과를 찾아 진료를 받았다. 하지만 큰마음 먹고 방문한 것에 비해 그 진료가 너무 허접하고 실망스러웠다. 요즘에는 피부과와 비뇨기과로 나눠서 진료를 보지만 그때는 함께 진료했던 시절이었기에 당연하게도 피부비뇨기과를 찾은 것인데, 하필 그 의사가 비뇨기과 진료에 더 집중을 했던 의사였는지, 아니면 그냥 돌팔이였는지는 지금도 모르겠다. 무좀 때문에 왔다고 했더니 환부는 보지도 않고 연고 하나를 처방해준 게 전부였다. 그것도 전문의약품이 아닌 일반의약품으로.

게다가 연고를 얼마 동안 바르고 언제 다시 오라는 뭐 이런 이야기조차 없으니, 신문에서 읽은 '정석' 치료법과는 달라도 너무 달랐고 성의가 없어도 너무 없었다. 마치 '네가 마음만 먹으면 약국에서 얼마든지 살 수 있는 약 하나 처방해줄 테니, 그냥 가서 발라보고, 치료가 되든지 말든지 나는 그다지 관심 없다'라고 하는 것 같은 진료 아닌가. 지금이라면 환부는 안 보냐, 먹는 약은 없냐 따져 물었을 텐데, 그때는 내가 너무 착해서(?) 아무 말 않고 처방 받은 연고를 사서 2, 3일 바르다가 그냥 때려치웠다.

그때 그 의사의 진료에 깊이 실망한 나머지, 그로부터 거의 10년간은 치료를 포기하고 그냥 발이나 잘 씻고 말리며 대충 살았다. 그러다 한 번 더 치료를 시도했던 적이 있는데, '단 한 번만 바른다'는 무좀약 TV 광고 때문이었다. 한 번만 발라도 약효가 오래 지속되어 치료가 된다고 하길래 또 혹하는 마음이 생겨 비싸지만 하나 사다가 발라보았다. 그러나 설명서를 읽어보니 그 한 번을 '제대로' 바르는 게 결코 쉽지는 않았다. 무려 24시간 동안 물이 닿지 않게 잘 말려야 하는데, 하루 한 번은 샤워를 하든 씻어야 하는데 그때 물이 닿지 않게 하는 게 꽤나 까다로운 일이었기 때문이었다. 매일 대충 치덕치덕 바를 것인가, 아니면 까다롭지만 한 번의 고생으로 끝낼 것인가를 선택하는 것 같았다. '불편의 총량'은 엇비슷했달까. 결국 설명서대로 했음에도 완치는 되지 않았다. 증상의 개선 효과는 분명 있었지만, 먹는 약을 함께 쓰지 않아서 그랬던 것인지, 약효가 떨어지자 잠복해 있던 무좀균이 다시 증식했기 때문이었다.

근래 들어 무좀 치료를 다시 해야겠다는 생각이든 건, 발뒤꿈치가 딱딱해지면서 갈라지는 증상이 생겼기 때문이었다. 그동안 겨울만 되면 겪은 일이라 피부가 건조해져서 그런가 보다 하면서 로션을 발라가며 보습을 해줬는데, 잘 낫지 않길래 검색을 해보니 무좀 증상일 수 있으며, 실제로 원인이 무좀인 비율도 상당하다는 충격적인 사실을 알게 되었다. 세상에, 이것도 무좀 때문이었다니! 그렇잖아도 만성적인 족저근막염 때문에 걸을 때 가끔 아픈데, 뒤꿈치가 갈라지기까지 하니 엎친 데 덮친 격으로 고통은 가중됐다. 이번에야말로 기필코 무좀을 뿌리 뽑아야겠다고 생각하고 있었는데, 때마침 '국수를 잘 마는' 피부과 선생님을 만나게 되었으니 '수제비'까지 한번 끓여달라 부탁을 해봐야겠다는 생각을 하게 된 것이다.

의사 선생님은 무려 한 달치의 먹는 약과 연고를 처방해주셨다. 하루에 한 번 먹는 약이지만 한 달이라는 긴 시간 동안 빠짐없이 먹어야 한다는 건 분명 쉬운 일이 아니었다. 항생제의 경우에는 혈중 농도가 떨어지면 내성이 생길 수가 있어 반드시 정해진 시간에 빼먹지 않고 먹어야 하는 게 상식인데, 항진균제의 경우도 같은 건지 어떤지 잘은 모르겠지만, 일단은 한 달간 단 한 번도 빼먹지 않고 제시간에 약을 챙겨 먹었다. 또한 연고도 아침저녁으로 꾸준히 발라주었다.

마지막 약을 먹은 날 병원에 다시 갔더니 이번에는 다른 종류의 연고를 무려 두 달치나 처방해주시면서 다음에 보자고 하셨다. 이 글을 쓰는 지금은 그 두 달 중의 절반이 지나고 있다. 지금은 예전의 그 험악했던 모습이 전혀 기억이 나지 않을 정도로 말끔해졌다. 심지어 무좀에 한 번도 걸리지 않은 것같이 깨끗해진 모습이다. 하지만 나는 여전히 쉬지 않고 아침저녁으로 약을 바르고 있다. 의사 선생님이 완치 판정을 내리기 전에는 증상이 호전되어도 함부로 치료를 중단하면 안 된다. 포자 상태로 잠복해 있던 진균이 연고를 끊으면 재발할 수 있기 때문이다.

맞다. 이런 이야기를 할 수 있는 건 사실 이번에야말로 이 죽일 놈의 무좀을 치료하려고 아주 독한 마음을 먹고 병원 방문 전에 나름대로 공부까지 했기 때문에 가능한 이야기다. 무려 25년 넘게 나를 괴롭혔던 지긋지긋하고 독한 놈을 내 몸에서 내보내기 위해서는 나는 그것보다 훨씬 더 독해져야만 한다. 그래서 두 달 동안 단 하루도 거르지 않고 약을 먹고 무좀약을 바르고 있다. '어쩌면 정말로 이제는' 무좀과 이별할 수 있을지도 모른다는 희망을 갖고.

멘토스 중독의 최후

입이
안 다물어진다

여행을 좋아하는 이들이라면 다들 공감하겠지만, 여행의 즐거움 중에서 빼놓을 수 없는 것이 바로 '먹는 즐거움'이다. 여행을 갈 때면 현지 맛집을 신중히 골라서 가급적 방문하기 위해 노력한다. 그건 그때가 아니면 먹을 기회가 없을지도 모르기 때문에 필사적일 수밖에 없다. 또 외국에서 유래되었지만 국내에서 많이 접해본 음식도 현지에서 먹어보려고 한다. 소위 '본토'의 맛을 확인하고 싶은 호기심이랄까. 일본이라면 돈카츠, 라멘, 스시 등이 있을 테고, 스페인이라면 파에야, 태국이라면 팟타이, 똠양꿍 등이 그렇다. 그렇게 맛집을 돌면 상당수의 경우 국내에 정착한 음식들도 현지의 맛을 꽤나 잘 재현하고 있음에 감탄하게 된다.

여행지에서 다른 재미있는 먹거리가 또 있는데, 바로 현지에서 파는 '가공식품'이다. 앞서 소개했지만 나는 환타 오렌지를 사랑하기에—물론 지금은 다이어트 때문에 잠시 끊었지만—환타 제품에 대한 애정 어린 마음으로 그 나라에서만 만날 수 있는 환타를 맛보려고 한다. 하지만 현지에서만 맛볼 수 있는 다른 맛의 환타가 어떤 느낌일지 기대감에 부푼 내 마음과는 별개로 대부분 어색한 맛이어서 항상 실망만 했는데 유일하게 성공했던 사례가 스페인 바르셀로나에서 마셨던 레몬맛 환타였다. 와, 정말이지, 미치도록 맛있었다. 이 대목에서 '엇, 우리나라에도 레몬맛 환타 있는데 무슨 소리?'라고 하실 분이 있겠지만 일단 그 생각은 고이 접어 넣으시라. 한국코카콜라에서 출시된 환타 레몬은 스페인의 그 환타 레몬에 비하면 그 맛이 하늘과 땅 차이다. 제발 한국코카콜라 관계자분들은 스페인에 가서 한 번이라도 그 맛을 제대로 벤치마킹해보셨으면 하는 바람이다. 환타 애호가라면 잊지 말고 꼭 드셔보길 바란다. 바르셀로나 대부분의 식당에서 식사에 곁들이는 음료로 Fanta Limon을 주문할 수 있다. 나는 여행 내내 식당에서 항상 환타 레몬을 주문해 마셨고 여행에서 돌아와 몇 달이 지난 지금도 그 맛이 그리워 미칠 것 같다. 그 상큼한 레몬향이 풍부하게 입안을 감돌며 새콤달콤하고 톡 쏘는 탄산까지 더해지면 그 순간 모든 피로와 갈증이 싹 가시는 듯한 기분이 들곤 했다.

바르셀로나에서 매일같이 손에서 놓지 못했던 것이 하나 더 있다. 바로 멘토스다. 멘토스 역시 우리나라에도 있는데 웬 호들갑

이냐고 할 수 있겠지만, 현지에서 먹었던 건 오리지널의 민트맛 멘토스였다. 현재 국내에서는 민트맛 멘토스를 구할 수 없다. 오래전에 단종되어 전혀 유통되지 않기 때문이다. 사실은 워낙 오랫동안 구경조차 못하고 지냈기에 그 존재마저 잊고 있었다. 아주 어린 시절, 그러니까 초등학생 시절에 정말 좋아해서 주구장창 먹었는데, 언젠가부터 그 어디에서도 구할 수가 없다 보니 자연스럽게 기억에서 잊힐 수밖에 없었던 것이리라. 그저 '세상에서 사라진' 맛인 줄만 알았던 것을, 아니 반강제로 잊힐 수밖에 없었던 것을 현지에서 발견하자 앞뒤 잴 것 없이 일단 사서 입에 넣었는데……
아! 아련한 추억의 맛이 소환되며 벅찬 감동이 밀려왔다. 마치 먹고 싶어도 '없어서' 먹지 못했던 그 시절이 억울해서 그동안 못 먹었던 양을 한 번에 벌충하기라도 하겠다는 양, 한시도 손에서 놓지 않고 여행 내내 입에 달고 살았다. 사실 아는 사람은 알겠지만 멘토스는 은근 중독성이 강하다. 껌처럼 계속 질겅대고 싶은데, 금세 녹아서 사라지니까 한 알 더 먹게 되고, 그렇게 아쉬워서 하나 더, 하나 더, 하다 보면 순식간에 한 줄이 사라진다. 열흘이 넘는 여행 내내 하루에 1, 2줄씩 매일 먹었다. 귀국한 이후에는 아예 30줄씩 해외직구를 해버렸다. (그러고 보니 세상 참 좋아졌다. '지구상에서' 사라진 것만 아니라면 인터넷으로 해외 어디에서든 원하는 걸 구할 수 있는 시대에 살고 있다. 20년 전에는 해외에 사는 친지에게 보내달라 부탁해야 겨우 먹을 수 있었을 텐데 말이다. 여담이지만, 가족 영화(?) 〈좀비랜드〉에 등장했던 '트윙키'라는 빵의 맛이 미칠 듯이 궁금해서 이것도 결국 같은 방법으로 주문해서 맛을 보았다. 물론 엄~청 맛있었다.)

처음에는 서랍 속에 가지런히 줄지어 놓여 있는 30줄의 멘토스를 보는 것만으로도 마치 창고에 쌓아놓은 겨울 양식을 바라보는 것처럼 마음이 든든했는데, 그 30줄의 멘토스는 사실 한 달도 채 되지 않아 다 사라져버렸고, 곧 30줄을 새로 주문해야만 했다. 그렇게 두어 번을 더 반복하면서 끊임없이 멘토스를 씹었더니 결국 몸에 이상이 생겨버리고 말았다.

어느 날 아침잠에서 깨어났는데 턱이 제대로 닫히지가 않았다. 분명히 오른쪽 어금니는 제대로 잘 닫히는데, 그 상태에서 왼쪽 어금니 사이는 붕 뜨는 희한한 상태가 되어버린 것이다. 억지로 힘을 주었더니 무언가 '덜컥' 하는 느낌이 들면서 닫히긴 했지만 관절에 꽤나 충격이 갔다. 또다시 몸 어딘가가 고장나버렸다.

솔직히 그 증상이 처음 생겼을 때, '별일이군' 싶은 생각이 들기는 했어도, 그것이 멘토스를 지나치게 많이 먹어서 생긴 것이라고는 전혀 상상하지 못했다. 며칠 지나면 나아지겠거니 하면서 지켜봤지만, 평소처럼 멘토스를 계속 먹고 있으니 나을 리가 있나. 결국 평소에 다니던 치과를 찾았다.

"선생님. 오른쪽 어금니는 정상적으로 교합이 되는데, 왼쪽 어금니는 교합이 되질 않고 붕 뜨는 상태가 됩니다."

내 설명에 의사 선생님이 웃으며 말씀하시길,

"보통은 그냥 '입이 안 다물어져요'라고 하는데, 이렇게 말씀하시는 분은 의사 생활 하면서 처음 뵙네요. 흐흐."

엇! 그러고 보니 그렇네. 나는 가능한 구체적으로 증상을 설명하려고 한 건데 듣고 보니 내 말이 지나치게 문어체인 것 같다. 그동안 믿고 다닌 치과인 만큼 내 성향을 잘 아는 선생님은 턱 관절이 두개골에 있는 유일한 관절이라는 흥미로운 이야기로 시작해 턱 관절 구조와 형태에 대한 설명, 지금의 이 증상이 구조상 어떻게 발생하게 되었는지, 가능한 원인은 무엇인지, 어떻게 치료할 수 있는지를 정말 자세하게 설명해주셨다. 결론은 많이 쓰다 보니 연골이 닳아서 발생한 것일 수 있고, 가급적 적게 쓰며 회복되기를 기다리는 것이 가장 좋다는 것이었다. 그리고 필요할 때 먹을 수 있게 근육이완제를 처방해주셨다.

설명을 듣고 보니 이것도 족저근막염처럼 퇴행성인가 싶어 허탈했는데, 그때까지도 여전히 나는 멘토스가 원인이라 생각을 하지 못했으니 참으로 둔하기 이를 데가 없었다.

처방전을 받아든 약사 선생님이 약을 챙겨주시면서 말했다.

"하루에 3번 식사 후에 드세요. 오징어나 껌 드시지 마시구요."

'네네. 하루에 3번. 응? 근데 오징어랑 껌?'

그제야 나의 뇌리를 스치며 증상의 원인이 떠올랐으니 그것은 두 달 넘게 단 하루도 쉬지 않고 먹던 멘토스였다. 그 씹는 감각이 딱 그 오징어와 껌 중간에 있었던 것이다.

원인을 알아채고 났더니 조금 허무해졌다. 멘토스에 대한 나의 무절제한 식탐이 불러일으킨 참사였으니 운명을 탓할 수도 없었다. 그날 이후로 멘토스를 끊자 문제는 서서히 사라져갔다.

말이 나왔으니 말이지만, 나이가 들어 나타나기 시작한 다른 질환들과는 달리 치아 문제만큼은 어릴 때부터 달고 살았다. 아주 어린 꼬꼬마 시절에는 화장실 사정이 좋지 않아서—한겨울에 마당에 있는 수돗가에 가서 양치질을 해야 해서— 양치질하는 걸 정말로 싫어했다. 그러면서 온갖 달달한 군것질을 좋아한 터라 충치를 늘 달고 살았다. 하지만 나이가 들어 양치질을 부지런히 하는 습관이 든 다음에도 비록 빈도가 많이 줄기는 했어도 여전히 충치가 발생했던 걸 보면, 충치에 약한 치아를 타고난 게 틀림이 없다. 아이러니한 건 어릴 때부터 치과 다니는 것이 워낙 생활화(?)되다 보니 언젠가부터 치과 다니는 걸 전혀 두려워하지 않게 되었다는, 좋은 듯하지만 사실은 좋지만은 않은 장점도 생겼다. 치과를 열심히 다닌 덕분인지 30대 이후로는 계속 유지 보수하는 선에서 치아를 관리하고 있는데, 사실 그렇게 되기까지 너무나도 많은 치아가 충치에 희생당했다. 현재 송곳니 뒤편 치아의 80% 이상이 아말감, 크라운 등등 어떠한 형태로든 치료가 되어 있으며, 60% 이상은 신경치료가 되어 있으니 이만하면 충치계의 전문

환자(?)라는 슬픈 타이틀을 붙여도 손색이 없을 듯싶다.

이놈의 약해빠진 치아와의 악연 중에서 단연 최고봉은 식사하다가 앞니가 부러진 사건이다. 어느 날 저녁식사를 하다가 반찬을 집어먹던 젓가락을 앞니로 콱 씹고 말았는데, 어찌나 세게 씹었던지 그 충격으로 앞니가 조금 부러지고 말았던 것이다. 천만다행인 것은 앞니의 끝 1mm 정도만 부러져 나갔다는 사실이고, 시계를 보니 아직은 치과가 진료를 하는 시간이었기에 파편을 들고 얼른 병원으로 달려갔다.

의사 선생님은 부러진 파편을 보더니 붙일 수도 없고 붙여봐야 의미가 없을 정도의 크기이니 날카로워진 치아 끝단을 부드럽게, 바로 옆의 다른 치아와 위화감 없이 갈아주겠다고 하셨다. 그나마 이 정도인 게 천만다행이라고 하시면서.

치료 의자에 누운 나는 의사 선생님께 이 기막힌 상황에 대해 하소연하기 시작했다. 30대 후반이 되는 이 나이가 되도록 밥을 먹으며 이런 일은 난생처음인데, 이 나이쯤 되면 밥을 먹는다는 일이 잠자면서도 할 수 있을 만큼 기계적인 일이 되어야 하는 것 아닌가? 어찌 이리 '엇박'을 내어 젓가락을 씹게 되었는지 내 자신이 너무 바보 같아서 웃음도 안 나온다고 말이다. 그때 나이를 생각해보면 밥을 먹어도 4만 번을 넘게 먹었을 것이고, 한 끼 식사에 젓가락을 입에 가져가는 횟수가 적게 잡아 25번 정도라면 100만 번이 넘도록 젓가락으로 음식을 입으로 가져와 먹었을 텐데, 이쯤 되면 무의식의 영역에 도달해 있을 이 동작을 틀리고야 말았으니 자괴감이 들지 않을 수가 없었다.

"의외로 많은 분들이 그런 일을 겪어서 병원을 찾아오십니다."

의사 선생님의 무심한 듯하면서도 묵직한 이 한마디가 나의 호들갑스러운 자책을 한마디로 잠재웠다. 자주 있는 일이라는데, 무슨 말이 더 필요할까.

그날 이후로 나는 더 이상 쇠젓가락을 쓰지 않고 나무젓가락만 쓰고 있다. 부득이 밖에서 식사를 하게 될 경우에는 가급적이면 젓가락을 적게 쓰려고 노력한다. 사실 그때 젓가락을 씹는 사태가 생겼을 때도 나무젓가락이었더라면 그냥 젓가락이 부러지고 말았을 것이다. 평생을 써야 할 치아가 그깟 젓가락 따위보다는 훨씬 더 소중한 건 당연한 일이니 젓가락을 바꾸는 데 주저함이 없었다.

나의 그 판단은 결국 옳았다. 그 이후로 두 번이나 더 젓가락을 씹는 사고를 쳤기 때문이다. 두 번 다 젓가락은 부러졌으나 나의 소중한 치아는 지켜낼 수 있었다.

자전거를 타며 발견한 것들
천천히 돌면
내 동네도
여행이 되더라

나이가 들수록 게임하는 시간이 줄어들고 있다. 어릴 적에는 하고 싶어도 아무런 장비가 없었고, 오락실을 다닐 만큼 주머니 사정이 넉넉지 않아 게임을 못했다가 어른이 돼서 한창 게임을 즐길 때는 일하느라 시간이 없어 하고 싶어도 잘 못했다. 이제 40대 아저씨가 되어 게임 장비도 구비했고, 게임할 수 있는 시간적 여유도 생겼는데 어쩐지 좀 심드렁해져서 잘 하지 않게 되니 이것 또한 아저씨의 아이러니다. 8Bit 게임에 비하면 하늘과 땅 차이만큼이나 기술이 발전해서 그래픽, 사운드, 게임 콘텐츠가 이제는 하나의 종합예술이라 불러도 좋을 경지에 이르렀건만, 이상하게 신작 게임에 그다지 설레지 않으니 그저 이건 나이가 들어서 그런 거라고밖엔 달리 설명할 길이 없다.

그럼에도 불구하고 지금까지 플레이하는 게임이 두 가지 있다.

하나는 스타크래프트 시리즈이고, 다른 하나는 엘더스크롤 시리즈이다. 스타크래프트야 워낙 유명해서 전 국민이 알 듯싶은데, 그에 비하면 엘더스크롤 시리즈는 아무래도 '게임 좀 하는' 사람들 사이에서나 알려진 게임인 듯싶다. 하지만 시리즈 자체가 오래된 데다 세계관도 탄탄하고 게임 내 즐길 거리가 풍부해서 두터운 팬덤을 형성한 게임이다.

내 경우 시리즈의 4탄 '오블리비언'부터 게임을 접해서 5탄 '스카이림'까지 푹 빠져 즐겼다. 하지만 2011년 11월 11일 5탄이 출시된 이후로 무려 9년이 지난 지금까지 후속작이 나오질 않아서 여전히 눈 빠지게 기다리고 있다. 이 시리즈를 좋아하는 모든 팬들이 다 같은 마음일 것이다. 재작년 후속작에 대한 30초짜리 티져 영상이 게임쇼에서 공개되었을 때, 전 세계의 플레이어들 사이에선 '이제서야! 드디어!'라며 한바탕 난리가 났었다. 하지만 아직도 기획 단계라서 출시까지 한참은 더 기다려야 하니 막상 출시가 되었을 때 내가 과연 그걸 즐길 의욕이 남아 있을지 걱정스럽다. 후속작이 나올 때까지 마지막 시리즈였던 '스카이림'을 플레이하며 마음을 다독여볼까 싶기도 하지만, 그 게임을 하도 마르고 닳도록 플레이해서 얼마나 버틸 수 있을지 모르겠다.

그랬다. 사실 마르고 닳도록 할 만큼 엘더스크롤 시리즈는 정말 재밌다. 사람마다 재미를 느끼는 요소가 다 다르겠지만 내가 꼽는 재미는 단연 '탐험하는 즐거움'이라 하겠다. 세계를 멸망시

킬 드래곤을 물리쳐서 세계를 구하는 일 말고도, 게임 안에서 할 수 있는 다양한 미션들이 있고, 그것을 해결하기 위해서는 어쩔 수 없이 여행을 떠나야 하는데, 그 여정에서 예상치 못한 재미있는 사건사고들을 또 마주치게 되니, 한마디로 나는 스카이림을 탐험하는 탐험가가 되어 게임 속 세상을 주유하는 셈이다.

스카이림을 여행하는 방법은 여러 가지가 있는데, 지도상에 보이는 목적지를 클릭하기만 해도 순식간에 '빠른 이동'이 되기도 하고, 또는 각 대도시에 마련되어 있는 '역마차'를 돈을 지불하고 타는 방법이 있으며, 그게 아니면 말을 타거나, 혹은 걸어서 다닐 수 있다. 가상세계인 스카이림은 꽤 넓은 곳이라서 걸어 다니려면 상당한 시간이 걸리기는 하지만, 아기자기한 요소들이 곳곳에 상당히 많기 때문에 사실은 걸어 다니는 것이야말로 이 게임을 가장 재미있게 즐기는 방법이다. 길을 걷다 마주치는 재미난 인물들의 이야기, 사슴, 트롤, 매머드 등의 각종 동물들(개중에는 플레이어를 공격하는 동물들도 많다), 또는 이국적이고 아름다운 풍경에 매료된다. 때로는 길에서 만난 어린애가 제법 쏠쏠한 실마리를 던져주는 바람에 그냥 지나칠 뻔한 고대의 유적지를 가보기도 하고, 병에 걸려 죽은 주인을 돕기 위해 길을 가던 나에게 도움을 청하는 불쌍한 멍멍이 미코를 만날 수도 있다(결국 미코는 내가 거두어 키웠다. 다른 많은 플레이어들이 그리 하듯이). 이렇게 여행을 하다 보면 비록 가상세계일지언정, 스카이림의 경치가 매우 아름답다는 사실을 새삼 느낀다. 그래서 가끔은 걸음을 멈추고, 길옆의 작은 마을 입구에 서서 해가 지는 평화로운 저녁 풍경을 멍하니 감상하기도 한다.

　게임 속이 아니라 현실에서, 그것도 매일같이 출퇴근하는 거리에도 그것 못지않은, 아니 훨씬 더 멋진 풍경이 있음을, 나는 자전거를 타며 발견했다. 집에서부터 사무실까지, 반대로 사무실에서부터 집까지 오가는 골목골목엔 감추어진 다양한 풍경이 있었으니 그것을 재발견하는 것이야말로 나에게는 탐험이요, 또한 모험이 되는 것이다. 그 풍경은 자전거를 타거나 혹은 두 다리로 걸어

야만 비로소 발견할 수 있다. 자동차를 운전했더라면 주변 풍경에 신경을 쓸 여유는 없었을 것이고, 만약 지하철을 탔다면 땅속을 달리느라 그 풍경을 볼 기회가 아예 없었을 것이며, 버스를 탔더라면 오직 길가의 풍경만, 그것도 빠른 속도로 휙휙 지나가게 되니 제대로 음미할 수 없을 것이다.

자전거를 타고 다니면 계절의 변화를 몸소, 그것도 아주 진하게 체험할 수 있다. 덥거나, 춥거나, 또는 지나치게 강한 태양 때문에 괴롭다는 걸 자전거 위에서 가장 먼저 느낄 수 있다. 기가 막히게 멋진 벚꽃이 피는 아파트 단지가 멀지 않은 곳에 있다는 걸 알았다. 봄이 오면 바람이 날린 벚꽃 잎이 눈처럼 내릴 때 그 나무 아래로 자전거를 타고 지나가는 일은 1년 중 딱 며칠 동안만 누릴 수 있는 호사다. 여름이면 담쟁이넝쿨로 덮인 적벽돌 빌라가, 마치 풀로 지은 집인 양 푸르름을 뽐낸다. 앞마당에 정원 겸 전용 놀이터를 가진 어린이집이 하나 있는데, 그 어린이집의 가을 단풍은 정말 예쁘다. 낙엽 치우는 분들은 힘들겠지만 자전거를 타고 갈색으로 변한 그 길을 달리다 보면 가을 정취에 빠져든다. 또 매일 자전거를 타다 보면 계절에 따라 태양의 고도가 변한다는 기초 과학 상식 역시 몸소 관측할 수 있다. 같은 시간에 보는 태양의 빛깔이 점점 달라지는 걸 느낀다. 여름철의 저녁 햇살은 꽤나 황금빛인데, 그 빛살 속으로 바삐 걸어가는 사람들의 모습을 보면 그들 역시 소중하고 보람된 하루를 충실히 잘 보냈을 것만 같은 느낌이 든다. 겨울철 한낮의 햇살은 생각 외로 포근하고 따사로운 데다 계속 보면 반짝반짝 빛나기까지 한다.

자전거를 타고 나서야 알게 된 것이지만 서울엔 생각보다 언덕배기가 많다. 얼핏 봤을 때 평지라고 생각했던 곳도 자전거를 타고 가보면 약간 오르막길 혹은 내리막길인 곳이 많다. 자동차를 타거나 걸을 때는 아무것도 아닌 그 야트막한 오르막길이 자전거를 타면 몇 배는 더 힘들어진다. 물론 반대로 이어지는 내리막길을 내려가는 건 매우 기분 좋은 일이다. 하지만 길은 다시 오르막으로 이어진다. 자전거로 가는 길은 그렇게 다이내믹하다.

자전거 전용도로 혹은 자전거 겸용 인도의 상태가 생각보다 썩 편리하진 않다. 처음 그 길이 만들어질 때 자전거에 대한 고려를 전혀 하지 않았다가 훗날 자전거 이용자가 늘어나자 부랴부랴 만들다 보니 그리 될 수밖에 없었을 테지만, 자전거도로인데도 불구하고 차라리 그 길을 포기하고 차도를 이용하는 게 나을 정도의 도로들이 꽤 있다. 물론 그나마 자전거도로가 있으면 다행이고, 아예 없는 곳도 많아서 그럴 때는 별수 없이 차도로 내려가야 하는 구간도 꽤 많다. 차도로 다니면 무섭지 않냐고 물어보는데 의외로 많은 운전자들이 자전거를 배려해준다. 물론 자전거가 운전자의 예측 범위 내에서 움직일 때의 이야기이긴 하지만 말이다. 오히려 더 위협적인 대상은 오토바이, 특히 배달 오토바이들이다. 인도와 횡단보도를 넘나들며 신호 위반에 전혀 예측 불가능한 방향으로 움직이다 보니 가끔 골목길 교차로에서 느닷없이 튀어나오면 꽤 무섭다.

출근길에서 마주친 건물들 중에서 단일 목적으로 지어진 가장 큰 건물은 교회 건물이 아닐까 싶다. 우리 동네에서 가장 큰 교회는 본당 건물만 대지면적 4000㎡ 위에 지어진 엄청나게 큰 건물인데, 그 옆에 별관이 세 채나 더 있어 실로 엄청난 규모를 자랑한다. 서양에선 성당이 그 마을의 랜드마크 역할을 했는데, 서울의 교회 건물도 그렇게 느껴질 때가 있다.

반면 불교 사찰의 경우 소박하게 자리잡고 있어 숨은그림찾기 하는 기분으로 발견하곤 한다. 일반 상가건물의 2, 3층 혹은 단독주택 한편에 자리잡은 채, XX사라는 간판을 내건 경우가 많다. 교회로 치면 개척교회 정도의 위치가 아닐까 싶은데, 그 속에 가끔은 법당인지 혹은 무속인의 신당인지 혼란스러운 사찰들이 끼어 있는 경우도 있다. 뒷골목에서는 실제로 무속인의 신당 역시 꽤 자주 찾아볼 수 있다. 동네 곳곳 교회나 사찰, 신당을 볼 때마다 4차산업혁명이 한창 진행되고 있는 지금의 이 시대에도 여전히, 그리고 아마 앞으로도, 사람들은 마음에 어떤 식으로든 위안이 필요하다는 사실은 변함이 없을 것 같다는 생각이 든다.

집에서 사무실까지 큰길을 따라가면 4km가 조금 못 되는데, 그 거리에 전통시장이 두 군데나 있다. 그중 한곳은 긴 골목을 따라 상점들이 많이 들어서 있고 장 보러 나온 손님도 꽤 많아 항상 분주해 보인다. 시장이 아니더라도 주택가가 끝나는 지점엔 여러 점포들이 옹기종기 모여 영업을 하고 있다. 식사를 할 수 있는 음식점이나 카페, 호프를 함께 파는 작은 치킨집, 분식집, 빵집, 학원, 미용실, 이발소 등등 셀 수 없이 많은 업종의 자영업자들이 그곳에 있다. 그중 특이한 가게 몇몇은 더 유심히 보게 된다.

'단추구멍'이라는 간판을 달고 있는 곳은 의류 단추와 관련한 소규모 공장이라는 것 정도를 추측할 수 있을 뿐, 구체적으로 무얼 하는지 도무지 알 수 없었다. 그곳에서 그리 멀지 않은 곳에는 '미싱'(재봉틀)을 수리, 대여, 판매를 하는 곳 역시 한 군데 있었는데, 의류산업과는 전혀 상관이 없을 것 같은 동네에 관련 업종이 있으니 어떻게 영업을 하는지 묘한 궁금증이 들었다.

'모형 스튜디오'를 표방하는 가게도 있다. 건프라를 제작, 도색 및 판매하는 업체 같아 보였는데, 정말 순수한 궁금증으로 '가게를 유지하면서 생활할 수 있을 정도'의 의뢰가 과연 얼마나 많이 들어오는지 궁금했다. 나도 소싯적에는 제법 진지하게 '모형 제작'이라는 취미를 즐기다가 지금은 더 이상 손대지 않고 있지만, 여전히 마음 한구석에는 오래전 그걸 즐기던 순수한 마음이 화석처럼 남아 있기에, 신기하면서도 반가운 기분이 들어 한참을 가게 앞에서 떠날 수 없었다.

동네에는 생각보다 돈카츠 전문점들이 많았다. 반대로 튀김, 그중에서도 덴푸라를 파는 가게는 없다. 튀김은 그 자체로는 식사라고 하기에 좀 애매해서 그런 것일 테지만, 좋아하는 음식이라, 만약 가게가 있었으면 분명 들러서 맛보았을 텐데 그러질 못해 아쉽다. 돈카츠 전문점이 여러 곳에 많다는 사실을 알게 된 이후 언제부터인가 점심시간에 한 집씩 찾아가서 맛을 보고 있다. 마치 '도장 깨기' 하듯 나만의 맛집 리스트를 만들고 있는 것 같다. 어쩌면 그중에 겉은 허름해 보여도 기가 막히게 맛있는 음식을 내놓는 맛집이 있을 수도 있고, 재미있는 사연이 있는 가게가 있을 수도 있다. 앞서 잠깐 소개한 삼돌이카츠도 그렇게 발견한 가게다. 그렇게 한 집 한 집 들러 맛을 보노라면 마치 스카이림을 여행하다 발견한 던전을 탐사하는 기분과 비슷하다. 그 던전에 어떤 보물과 재미있는 사연이 있는지는 일단 그 속에 직접 들어가서 들여다봐야 알 수 있는 것처럼, 나 역시 직접 그 가게에 들러 음식 맛을 보아야 과연 그 맛이 어떠한지 느낄 수 있으니, 일상의 작은 발견을 위해 탐험을 하는 재미랄까. 게다가 이쪽 역시 던전 레이드 못지않은 위험 부담이 있다. 비록 목숨을 잃을 정도는 아닐지라도 정말 맛이 없는 음식을 비싼 돈 주고 먹게 되는 실망감에 좌절할 수도 있고, 운이 나빠 지뢰를 밟으면 예전의 어느 날처럼 상한 음식에 식중독이 걸려 며칠간 크게 고생할 수도 있다. 하지만 그럼에도 불구하고 여전히 그런 위험을 감수할 가치가 있다. 원래 모험이란 위험을 감수하고 얻는 큰 보상이니까. 같은 이유에서 요즘에는 이발소에 들러 이발을 하는 모험을 감행하고 있다. 자전거를 타고 지나다니다가 무려 이발소가, 그러니까 요즘 새로 등장하고 있는 세련된 '바버샵'이 아닌, 예전의 그 '동네 이발소'가 아직도 주택가 여기저기에서 꿋꿋이 영업하고 있다는 사실을 발견하고 한 군데씩 가보고 있다. 이것 역시 즐거운 모험이다.

얼마 전에는 아내에게 나의 주택가 이면도로 탐험에 대한 이런 저런 무용담을 늘어놓을 기회가 있었다. 아내는 나의 이야기를 한참 듣더니, 또 근원적인 질문을 했다.

"그런데 왜 그렇게 주택가 골목길로만 다니는 거야? 아파트 단지 안쪽길이나, 인도가 넓은 큰길로 다녀도 볼 만한 게 많을 텐데."

"글쎄. 어쩐지 그 길이 좀더 사람 사는 냄새가 나는 것 같아서."

다소 감성적인 나의 대답에 아내가 반문했다.

"근데 말이야, 왜 하필 주택가 골목길이나 재래시장의 모습에서 사람 사는 느낌을 받아? 굳이 재래시장이 아니라도 대형마트에 가면 사람들이 훨씬 더 많고, 퇴근길의 지하철역이나 큰 아파트의 단지 입구를 보면 사람들이 훨씬 더 많이 다니는데 그걸 보고는 사람 사는 냄새가 느껴지지 않아?"

"그러고 보니 정말 그렇네."

아내의 질문에 비로소 내가 느꼈던 그 '사람 사는 냄새'라는 감상을 조금 더 깊이 생각해볼 필요를 느끼게 되었다. 그리고 한참 만에 그 풍경이 사실은 나의 어린 시절에 흔히 접했던 풍경, 즉 내 어린 시절의 추억과 맞닿아 있음을 깨달았다.

적벽돌 단독주택, 오래된 빌라, 혹은 한두 개의 동이 단지의 전부인 꼬마 아파트는 30년쯤 전, 내가 아주 어릴 때 살았던 그 거리의 풍경과 너무나도 닮아 있었다. 내가 자전거를 타고 다니며 눈으로 훑은 이 동네의 풍경 속에서, 이제는 더 이상 볼 수 없는 내 어린 시절 추억의 파편이 있었던 것이다.

그렇기에 1990년대 혹은 2000년대 출생자들은 같은 풍경을 보고도 나와 같은 감정은 느낄 수 없을지도 모른다. 어쩌면 그들은 대단지 아파트 한켠의 놀이터나, 현대적으로 깔끔하게 잘 지어진 단지 내의 상가 건물 또는 대형마트에 가서야 비로소 내가 느꼈던 것과 비슷한 감정을 느끼게 되는 것은 아닐까. 아내와 내 나이 또래가 재래식 쇼핑센터나 주택가 중간중간에 들어선 꼬마 가게들을 보며 추억에 빠져드는 것처럼 우리보다 더 나이 지긋하신 분들은 낙원상가 주변의 그 예스런 풍경이나 개발되기 전의 예전 피맛골 거리를 보며 감상에 젖는 것처럼 말이다. 결국 감수성이 형성될 시절에 어디에서 어떤 풍경을 보고 있었는가, 그것이 아마도 같은 풍경에 다른 감정을 불러일으키는 이유일 것이다. 그리고 어쩌면 그것이 내가 피맛골 거리를 보며 아무런 감흥도 없이 그저 불편하다는 생각을 했던 이유일지도 모르겠다.

그러자 동네 탐험을 하면서 내 마음속에 느꼈던 이율배반적 감정의 이유를 드디어 알게 되었다. 사실 '사람 사는 냄새'가 난다며 정겨운 감정에 휩싸이면서도 막상 내가 직접 그곳에 이사해서 살게 된다면, 이라고 생각했을 때는, 그러고 싶지는 않다고 느꼈다. 추억은 추억으로 박제되어 있을 뿐 변해온 풍경과 생활방식만큼이나 나 또한 변했기 때문이리라. 이제는 아기자기한 작은 상가들이 있는 주택가보다는 많은 것이 그 안에 잘 갖추어진 신축 대단지 아파트에서 사는 것이 더 편리하다. 해가 지고 가로등이 없어 캄캄한 골목을 걷는 불안감과, 부족한 주차장 때문에 생겨나는 불편함을 지금에 와서 다시 감당할 엄두가 나질 않는다. 단독주택에 살면서 신경 써야 할 설비 관리와 집의 유지 보수, 방범 문제 등을 내가 직접 신경 써야 한다고 생각하면 피곤하다. 또 꼬마 아파트 단지가 아무리 입지가 좋고 편리하다 해도 이제는 투자 가치를 생각하지 않을 수 없다.

우리가 재래시장 대신 대형마트를 찾는 이유도 같은 맥락일 것이다. 필요한 물건을 찾아 카트에 담아 한번에 결제를 하고 주차장까지 편리하게 이동할 수 있다. 또 물건은 최소한의 퀄리티가 보장되고, 문제가 생겼을 때 반품이나 교환이 까다롭지 않다. 더구나 카드 쓴다고 가격을 더 비싸게 받지도 않고 어떤 물건을 사도 통합해서 포인트 적립까지 되는 그 편리함을 재래시장의 추억이 대신할 수는 없는 것이다. 역으로 대형마트가 지금의 우리에게 추억을 줄 수 없는 것처럼 말이다.

아마도 딱 그 정도의 거리감이기에, 추억의 파편이 추억인 채로 남아 있기에, 즐거운 마음으로 바라볼 수 있는 것 아닐까. 그곳에 살지는 않지만 여전히 그 풍경 속에는 무엇이 있을까 궁금해하고 가끔은 직접 체험하기도 하며 그렇게 그곳을 탐험하듯 즐기는 것이다.

조만간 그 시장들도 자전거 없이 한번 걸어봐야겠다. 어쩌면 또 다른 새로운 추억을 발견하게 될지도 모르니까 말이다.

다시 만난 이발소
여자에게
'스파'가 있다면
남자에겐 '면도'가 있다

더도 말고 덜도 말고 정확히 30년 만이다. 이발소에 크게 실망해서 두 번 다시 이발소에서는 머리를 자르지 않겠노라 선언하고 발길을 끊은 것이. 마지막으로 이발소에 들렀던 때가 1989년, 그러니까 내가 당시 국민학교(지금의 초등학교) 6학년이던 13세의 일이고, 호기심에 다시 이발소를 방문한 것이 2019년, 내 나이 43세의 일이니, 참으로 긴 시간이 지났다.

무려 30년 만의 일인데 정확하게 연도를 기억하는 이유는 1989년, 내가 마지막으로 이발소에서 머리를 자르던 그날, 그 어린 나이에도 불구하고 '앞으로 내 두 번 다시는 이발소에 발걸음을 하지 않겠노라' 이를 벅벅 갈며 악에 받친 다짐을 하게 만들 정도의 사건이 있었기 때문이다.

지금도 기억난다. 그때 내가 들렀던 이발소는—현재는 재건축 때문에 사라져버리고 없는—당시 내가 살던 아파트 단지의 한가운데 있던 목욕탕 한편에 딸린 작은 이발소였다. 하얀 보자기를 두른 채 의자에 앉은 나는 이발사에게 '앞머리는 자르지 말아달라'는 특별 요청을 했다. 요즘 애들도 그렇지만 초등학교 6학년이면 외모에 신경을 쓰기 시작할 나이고 하고 싶은 헤어스타일도 분명하다. 그때의 나는 일자 모양의 앞머리를 버리고 머리를 옆으로 넘기기 시작했다. 그리고 머리를 넘기려면 머리카락이 최소한 일정 길이 이상이 되어야 넘기기가 수월한 것 아닌가.

하지만 그 이발사는 나의 이런 구체적인 주문을 무시하고, 자신이 늘 하던 대로 앞머리를 빗으로 빗어 내린 다음 이마 중간에서 일자로 싹둑 잘라버리는 만행을 저질렀다. 심지어 앞머리를 빗어 내린 직후 가위가 들어오려는 찰나, 혹시 이발사가 잊어버린 건가 싶어 다시 한번 앞머리를 자르면 안 된다고 말했지만 그 이발사는 경상도 사투리로 "그래도 이걸 바라야지(곧게 다듬어야지)"라며 일말의 주저도 없이 앞머리를 잘라버리고 만 것이다. 할 줄 아는 스타일이 오직 그것밖에 없는 알량한 실력이었는지, 아니면 어린이의 요구쯤은 가볍게 무시하고 자기 마음대로 잘라도 된다는 오만한 생각을 한 것인지는 몰라도, 한마디로 그건…… 횡포였다. 이발사야 자기 맘대로 그렇게 자르고 돈 받고 보내면 그걸로 끝이지만, 그 머리를 하고 나는 몇 달간 속상한 채로 살아야 했다.

그렇게 잘려나간 내 앞머리와 함께, 내게 남아 있던 이발소에 대한 일말의 애정도 미련 없이 잘려나가고 말았다. 그 어린 나이에, 심지어 누가 가르쳐주지 않아도 알 수 있었다. 내가 원하는 머리 모양대로 이발 서비스를 받는 것은 돈을 내는 나의 당연한 권리라는 것을, 또한 시대에 뒤떨어진 일자머리를 고수하는 이발사들의 미적 감각은 절대 바뀌지 않을 것임을, 무엇보다 아무리 연장자라도 고객의 요구를 그렇게 쉽게 무시하는 아집은 잘못되었음을 말이다. 더구나 그 일이 있기 몇 주 전, 그 이발소에서 근무하는 다른 젊은 이발사가 이발을 하러 갔던 나와 내 친구들에게,

"너희들 요즘에 미용실 가서 '맥가이버 머리 해주세요' 그런다며? 남자들이 미용실 가면 고추 떨어져."

라며 미용실과 그곳을 찾는 이용자들까지 싸잡아 비하했다. 초등학교 남학생들에게조차 씨알도 먹히지 않을 말이었다. 그런 식으로 미용실로 떠나버리는 고객들의 마음을 돌릴 수 있을 거라 생각했던 걸까. 어린 남학생들을 점점 미용실에 빼앗기고 있다는 현실에 위기감을 느끼면서도 그 원인을 자신들의 그 형편없는 아집에서 나온 횡포 때문이 아니라, 경쟁 업종인 미용실과 고객들에게 돌리는 작태를 보면서 그 어린 나이에도 알 수 있었다.

'오래 못 가겠구나.'

지금 기준에서 보면 그 젊은 이발사의 발언은 지극히 성차별적이고, 넓게 보면 성희롱까지 해당할 수 있는 발언이었지만, 그 당

시에는 저 정도의 발언은 비일비재했다. 게다가 그 이발사 입장에서는 일말의 일리도 있었던 것이, 사실 그 당시만 해도 남자는 이발소, 여자는 미용실에 가는 것이 당연한 상식이요, 일종의 불문율이었던 시절이었기 때문이다. 마치 목욕탕의 남탕과 여탕처럼 상호 불가침의 영역이었다고 해야 할까. 아니, 오히려 미취학 아동이라면 그래도 눈치봐가며 출입을 허용해주던 목욕탕과 달리, 이발소와 미용실의 구분만큼은 예외 없이 엄격했던 기억이 떠오른다. 내가 조금 더 어렸던 초등학교 저학년 때는 미용실에 가는 남학생이 전무했었고, 이발소에 와서 머리 자르는 여자 어린이 역시 단 한 명도 없었다.

시대가 바뀌어 남학생들이 조금씩 미용실에 드나들기 시작할 때쯤이 되어서야 나 역시 처음으로 미용실을 체험할 수 있었다. 비록 엄마 손에 이끌려 처음 방문한 것이지만 꽤나 긴장할 수밖에 없었다. 출입해서는 안 되는 곳에 발을 디딘 느낌이었다고 해야 할까. 하지만 걱정과 달리 미용사는 난생처음 보는 물건인 전기식 바리깡으로 부드럽게 커트를 마치고 '내가 원하는 대로', 심지어 이발소에서는 불가능했던 '핑클파마'까지 해서 내 머리를 예쁘게 만들어주었다. 그때의 그 만족감은 실제로 고추가 떨어지는 불상사가 생기지 않는 이상 앞으로도 미용실을 계속 찾을 수밖에 없는 정도의 것이었다. 자연스레 이발소로 향하는 발걸음은 끊었다. 물론 가끔은 미용사의 솜씨에 실망할 때도 있지만 그 확률은 이발소에 비하면 현저히 낮았다.

그렇게 이발소는 내 기억에서 잊혀졌다. 그러다가 자전거를 타던 내 눈에 이발소가 들어왔다. 여전히 꿋꿋하게 영업하는 이발소들이 이 세상에 존재했던 것이다. 대상을 인식하지 못하면 그 대상은 존재하지 않는 것과 마찬가지라고 하더니, 자전거를 타면서 발견한 이발소들의 외관을 보니 족히 20~30년 이상 그 자리에서 장사를 했을 법한데도, 내게 있어서는 그동안 그 가게들은 세상에 없는 것과 같았다.

왜 그간 이발소를 보지 못했을까 생각해보니 이발소들의 입지가 내 생활권이 아니라 그런 것 같다. 동네 이발소들은 주택가 안쪽 이면도로변이나, 혹은 꼬마 상가들에 위치해 있었으니, 그 골목에 거주하는 사람들이 아니면, 구태여 마음먹고 찾아가지 않는 한, 발견하기 힘들었다. 아마도 인근에 사는 동네 사람들을 상대로 영업하는 것 같은데, 그곳에서 살짝 떨어진 아파트에 거주하는 사람들이라면, 출퇴근을 하더라도 그쪽으로 지나다닐 일이 거의 없을 테니 애초에 오가면서 마주칠 상황 자체가 일어날 수 없었다. 내 경우가 딱 그랬다. 자동차로 출퇴근을 하면 아파트 주차장에서 회사 주차장까지가 내가 보는 풍경의 전부였고, 지하철이나 버스를 타더라도 정해진 동선 안에 있는 풍경만 보게 된다. 심지어 주말에 친구를 만나도 시내 번화가에서 모이니 이발소가

217

있는 주택가 한가운데를 거닐 만한 기회가 전혀 없었던 것이다.

오랜만에 만난 이발소가 반갑기도 했지만 바로 덜컥 문을 열고 들어갈 수 없었다. 오래전 그 트라우마가 여전히 남아 있어서 또 머리를 엉망진창으로 자를지도 모른다는 불안감이 있었던 데다, 특유의 오래된 가게 분위기는 그곳이 나이 지긋하신 어르신들만의 전유물처럼 느껴졌기 때문이다. 하지만 오랜 세월 여전히 그 자리를 지키고 있었던 그 내공만큼은 존중받아야 마땅하다 생각한다. 업력이란 그냥 쌓이는 것이 아니라 그 시간을 생존해낼 자신들만의 무언가가 있기 때문에 쌓이는 것이기 때문이다. 한동안 '가볼까 말까' 하는 마음으로 이발소를 지켜보다가 결국 '가볼까' 쪽으로 마음이 기울게 됐는데, 그 이유는 바로 이발소만의 서비스인 '면도'를 받아보고 싶어졌기 때문이다.

어릴 적 이발소에 가면 옆자리에 누운 아저씨 손님의 얼굴에 김이 모락모락 올라오는 수건을 덮어주고, 얼굴에 하얀 면도용 거품을 바르고서는 이발사가 능숙한 솜씨로 사각사각 면도하는 장면을 보는 게 참 좋았다. 솜씨 좋은 이발사가 거품 면도를 하는 그 장면은 그야말로 라이브 ASMR이다. 면도칼이 털을 자르며 지나갈 때마다 사각사각 하는 소리와 함께 닦여 나오는 면도 거품, 그리고 손님의 가슴팍 어딘가에 올려둔 종잇조각에 칼날에 묻은 거품을 닦아내는 장면까지. 어릴 때는 그걸 보며, 거품 면도를 받는 느낌이 궁금해서 정말이지 미칠 지경이었는데, 수염이 없으니 도무지 체험해볼 방법이 없었다. 이발이 끝나고 잔털 정리를 위해 목 뒤와, 구레나룻, 귀 주변을 면도칼로 살살 긁어주는 그 10초 정도의 짧은 순간에 느꼈던 그 나른한 감각을 통해서 '아, 면도를 받으면 이런 좋은 기분이 몇 배나 이어질 거야'라며 괜히 마음이 간질간질해지곤 했다. (지금껏 이발소를 단 한 번도 가보지 못한 사람들을 위해 설명하자면, 미용실에서 이발이 다 끝나고 하얀 보자기를 풀 때, 바리깡으로 목 뒤의 잔털을 슥슥 정리하는 일을 이발소에서는 면도칼로 해준다. 물론 요즘 이발소 중에서는 바리깡으로 슥슥 밀고 끝내는 집도 있기는 하지만…… 정석은 면도칼이다.)

애석하게도 나는 면도를 할 만큼 수염이 자라기 전에 이발소에 발길을 끊었으니, 한 번도 제대로 된 '정통파' 면도를 받아볼 기회가 없었다. 한때는 그 거품 면도에 대한 로망을 참지 못해서 캔의 노즐을 누르면 '쉬익' 하는 소리와 함께 거품이 나오는 시판용 면도 크림을 사다가 거품 면도를 해본 적이 있지만, 안전 면도기로 하는 면도로는 결코 그 느낌이 나질 않았다. 집에서 얼마든지 매니큐어를 칠할 수 있지만 네일숍에서 전문가의 서비스를 받고 싶은 것처럼, 나 역시 숙련된 전문가의 수준 높은 면도 서비스를 한 번쯤은 받아보고 싶었다.

어느 날, 귀찮음을 무릅쓰고 한참을 방치해뒀던 머리를 자르러 평소 다니던 미용실에 들렀는데, 하필 그날 미용실이 휴무였다. '이건 운명이다. 이발소를 간다면 그날이 바로 오늘일 거다'라는 즉흥적인 이유로, 평소에 보아두었던 이발소의 문을 열고 들어섰다. 제법 큰마음을 먹고 들어선 이발소였는데, 안에서 다른 손님의 이발을 하고 있던 이발사 선생님이 너무 젊은 사람이 왔다고 여긴 건지, 꽤 당황스러운 표정을 지었다. 하긴 그곳에서 먼저 머리를 자르고 있던 손님이 백발의 나이 지긋한 어르신이었던 걸 보면, 아마도 대부분의 손님이 그러하다 보니, 나 정도의 젊은 손님은 오랫동안 본 적이 없었을지도 모른다.

드디어 순서가 되어 오랜만에, 그것도 빨래판같이 생긴 어린이용 보조의자 없이 이발소 의자에 앉으니 제법 감회가 새로웠다. 앞서 어르신의 경우와 현재의 이 시설들을 보고 종합해봤을 때, 이 이발소는 머리를 잘라도 샴푸는 해주지 않고 면도도 받을 수 없다는 걸 알 수 있었다. 그래서일까, 요금표에도 어른·청소년의 이발 가격만 적혀 있었다. 면도를 할 수 없다니 아쉽지만 어쩌랴. 그런데 머리를 자르던 마지막 단계에 이발사가 이마와 볼을 포함해서 얼굴 전체의 잔털을 면도기로 한번 싹~ 밀어주었는데, 거품 없이 면도칼만 지나갔음에도 그게 그렇게 시원할 수가 없었다. 게다가 잘라준 머리의 모양도 그럭저럭 만족스러웠다. 하지만 내 머리를 본 아내는 좀 못마땅해했다. 어딘가 모르게 나이 들어 보이고 재미없는 머리 모양이라나.

시간이 흘러 다시 머리를 자를 때가 되었다. 이번에는 면도를 받을 수 있는 이발소를 찾아보기로 했다. 맛있는 돈카츠를 찾기 위해 돈카츠 전문점을 하나씩 들러보며 '돈카츠 집 도장 깨기'를 했던 것처럼, '이발소 도장 깨기'를 하는 기분이었다. 두 번째 이발소도 이발만 전문으로 하는 곳이었고, 실제로 면도를 받은 곳은 세 번째로 찾은 이발소에서였다. 그런데 세 번째의 그 이발소의 문을 열고 들어서기 직전, 놀라운 사실을 하나 깨달았다. 내가 들렀던 세 군데의 이발소가 모두 '현대이발소'라는 간판을 달고 있었다는 사실이다. 반경 1km 내에 '현대'라는 상호를 가진 이발소가 세 군데나 있다니, 우연도 이런 우연이 없었다. 그나마 한 곳은 현대 아파트 상가에 입점해 있었으니 그런가 보다 했지만, 다른 두 군데마저 그 이름이라니. '현대'야말로 그 이발소들이 개업을 했음직한 그 시절에 가장 핫한 브랜드였기 때문 아닐까. 그 당시의 현대 그룹은 지금의 삼성 그룹 정도의 위치였으니까 말이다. 진취적이고 성공한 남자에 대한 갈망을 투영한 그런 느낌?

이발소 상호에 대한 상념은 고대하던 '면도'를 받기 시작하면서 사라졌다. 최소한 '산적 수염'쯤 되는 사람이 면도 서비스를 받아야 최대한의 가성비 효과를 누릴 수 있을 테지만, 나처럼 수염이 적은 사람들에게도 면도는 충분히 비용을 지불할 만한 가치가 있는 일이었다. 면도를 받은 그 시간 동안 잠깐 녹아 있었던 것 같다. 이발 직후에 잠깐 면도칼로 잔털을 정리하던 것과는 차원이 다른 나른함이었다. 게다가 면도를 마친 다음 얼굴 전체에 스

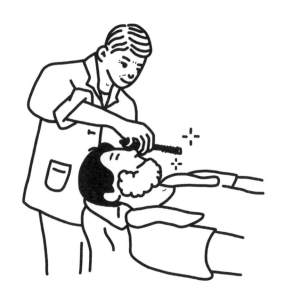

킨 로션을 그야말로 치덕치덕 아낌없이 발라주는데, 그 스킨 로
션의 냄새를 맡는 순간 알 수 있었다. 고등학생 때인가, 꽤나 정통
파 신사 같은 느낌을 주는 헤어스타일에 늘 양복을 단정히 갖추
어 입으시던 국어 선생님에게서도 같은 스킨 냄새가 났다는 것
을. 이거야말로 바로 그 '신사의 향기'였다. 나는 그렇게 면도를 받
으면서 40대 초반이 된 지금에야 남자로서의 통과의례를 끝마친
것 같다는 기분이 들었다. 남자가 되어 집에 돌아와 보니 잔털 없
는 얼굴이 그렇게 맨들맨들할 수가 없었다. 하지만 아내는 이번에
도 여전히 이발소에서 자른 그 머리 모양이 썩 마음에 들지 않은
모양이었다. 나는 그나마 이 이발사 선생님이 자른 머리가 그래도

가장 낫다는 생각을 했는데, 아내 마음에 들진 않는다니 좀 아쉬웠다. 앞머리의 길이도 약간의 타협이 있기는 했지만, 내가 원하는 대로 잘 맞추어주었는데 말이다. 아내는 이발소 대신 요즘 한창 뜨는 최신 스타일의 바버숍을 한번 가보는 건 어떠냐고 넌지시 물었다. 하지만 그건 안 될 말이었다. 거품 면도가 안 된다는 사실은 둘째치고, 단지 커트만 하는데 가격이 무려 35,000원이나 하는 곳을 어찌 간단 말인가. 그날 다녀온 이발소는 면도와 이발, 샴푸까지 단돈 17,000원밖에 들지 않았는데. 비교적 저렴한 가격에 면도라는 힐링을 포기하기가 너무 어려웠다. 내 입에서 '힐링'이라는 말까지 나오자 결국 아내는 한발 물러섰다. 나에게 면도는 여성들이 스파에 가서 에스테틱 서비스를 받으며 힐링하는 것과 같은 것이라는 걸 알자 더 이상은 어쩔 수 없는 모양이었다.

'그날 이후 이발소에 갈 때마다 면도를 받으며 행복하게 잘 살았습니다'라며 이야기를 끝마치고 싶었는데, 사실은 그렇지 않았다. 머리 모양이 마음에 안 든다는 아내의 말이 또 신경 쓰였던 나는, 어쩌면 더 잘 잘라주는 이발사 선생님이 있을지도 모른다는 생각에 네 번째의 다른 이발소를 찾았는데, 그곳에서 결국 사단이 나고 말았다. 이발 시작 전 앞머리 기장을 눈썹 아래 1cm 정도로 내려오게 맞춰달라고 분명히 말했는데, 웃으면서 건성으로 듣는 것 같더니만 이마의 딱 중간 높이에 맞춰서 쑹덩 잘라버

223

리고 만 것이다. 눈썹까지만 맞추어 잘라도 이마가 워낙 넓은지라 '동네 바보형 스타일'이 되는데 심지어 그것보다도 3cm 정도나 더 짧게 자르다니. 다시금 30년 전의 그 트라우마가 떠오르며 분노가 치밀어 오르다가 금세 허탈해져버렸다. 무려 30년이나 지났음에도 똑같은 만행을 저지르는 이발사가 있다는 사실을 확인한 것 그 자체가 이미 대단한 수확 아닌가. 앞으로 다른 이발소를 다니는 데 있어서도 이건 중요한 참고사항이 될 테니 말이다.

아내는 카톡으로 이 사연을 듣더니 제발 머리를 가지고 실험하는 건 이제 그만둬달라며 읍소를 했다. 나는 '원래 모험이란 위험을 감수하는 것'이라는 취지로 아내를 열심히 달랬지만, 실제 머리를 보더니 도저히 참을 수 없었나 보다.

"오빠, 그냥 내가 35,000원 줄 테니까 그냥 다음번부터는 바버숍 가. 알았지?"

아내의 저 반응이 진심으로 이해됐다. 위험을 감수한 결과일 뿐이라며 호기롭게 말하긴 했지만, 머리카락이 자라는 몇 개월간 바보 같은 헤어스타일로 살아야 하는 것은 모험의 대가라고 하기엔 가혹하긴 했다. 맛없는 식당에 가서 치르는 대가라고 해봐야 겨우 한 끼 식사를 대충 하고 돈 날리는 게 전부지만 못난이 외모 때문에 고통을 견뎌야 하는 기간은 너무 길다.

아내의 간곡한 부탁을 받아들여 다음번에는 바버숍에 한번 들러보려고 한다. 바보형 머리는 두 달째 기르는 중이다. 어느 정도 길이가 되어야 바버숍에서도 나름의 스타일링을 시도라도 해볼 테니까 말이다. 하지만 알다시피 하도 짧게 잘라놓은 통에 여전히 앞머리가 눈썹에도 닿지 않고 있으니 어쩌면 옆이랑 뒷머리만이라도 다듬으러 이발소에 가야 할지도 모르겠다.

누군가는 이렇게 물을지도 모른다. 그렇게 당하고도 또 이발소를 갈 거냐고. 하지만 아직은 더 도전해보고 싶다. 비단 면도만의 문제가 아니다. 동네 이발소 중 어딘가 한 군데쯤 면도도 잘하고 이발도 멋지게 하는 솜씨 좋은 이발사 선생님 한 분쯤 있지 않을까, 라는 희망이 있기 때문이다. 물론 이 동네 이발소를 다 다녀도 찾지 못하거나, 내가 먼저 지쳐서 포기할 수도 있다. 하지만 평범한 일상에서 던전 탐사 대신 해보는 이 작은 모험을 아직은 계속 해보고 싶다.

무난하고 편한 옷이 최고다

이번 생엔
포기한
패션 감각

어느 여름 주말 아침의 일이다. 산책을 가자고 조르는 우리 집 멍멍이의 성화에 아내와 나는 주섬주섬 옷을 챙겨 입었는데, 전형적인 나의 여름철 옷차림— 통기성 좋은 운동복 스타일의 얇은 티셔츠 한 장과 반바지—를 물끄러미 보던 아내가 갑자기 한마디 툭 던졌다.

"오빠! 찌찌가 너무 찌찌한 거 아냐?"

"뭐? 찌찌가 어떻다고?"

어쩐지 의미가 불분명하면서도 어딘가 모르게 야한 뉘앙스를 풍기는 아내의 그 한마디에 나는 내 찌찌가 과연 어떤 상태인지 확인하기 위해서 서둘러 거울을 봤다. 짙은 색의 티셔츠라 딱히 비쳐 보이거나 한 건 아니지만, 티셔츠의 옷감이 얇으면서 부드럽게 아래로 흐르는 편이라서 그곳이 살짝 도드라져 있기는 했다.

"이게 뭐 어때서? 안에 따로 뭐 받쳐 입기엔 너무 더우니 어쩔 수 없어. 게다가 좀 튀어나와도 크게 흠이 될 것 같지도 않은데? 길바닥에서 평범한 아저씨 젖꼭지를 딱히 유심히 볼 사람도 없고 말이지."

"그래? 근데 요즘엔 남자들도 그거 적당히 신경 써주는 게 에티켓이라 하던데? 혹시 필요하면 이거라도 쓸래?"

"헉, 뭐야? 니플 패치는 당신도 잘 안 쓰면서 왜 내게 들이미는 거야? 넣어둬, 넣어둬ㅋㅋㅋ."

결국 내가 극구 손사래 치는 바람에 아내는 별다른 조치(?)를 할 수 없었다.

딱히 그 문제에 관해 신경 쓰지 않고 지냈던 것은 사실이다. 웃통을 벗고 다닌 것도 아니고, 그렇다고 80년대 골목길에서 흔히 볼 수 있었던, 목 늘어진 흰 러닝셔츠 바람으로 평상에 앉아 부채질하던 동네 슈퍼 아저씨 패션이 아닌 다음에야, 나처럼 제대로 짙은 색의 티셔츠를 한 장 갖춰 입고 있는 모습이 딱히 무슨 문제가 될 거라는 생각은 전혀 들지 않았었다. 이건 남녀 모두에게 마찬가지라는 생각이다. 벗고 있는 것도 아니고 옷이 너무 얇아 아래로 비치는 것도 아닌데, 그 조금 튀어나온 걸 가지고 뭐가 어때서 그러는지 싶은 게 솔직한 생각이다. 그래서 지금은 그 꽃다운 나이에 유명을 달리한 어느 젊은 여자 연예인이 생전에 SNS에 올린 사진을 두고 사람들이 온갖 입방아를 찧던 게 나는 솔직히 이해가 되질 않았다. 대체 그게 뭐라고 그 난리람. 일단 겉옷을 제대로 갖춰 입고 있는 이상 그 안쪽을 어찌 할지는 본인의 선택 아니던가. 겨우 그만한 일에 보는 사람이 성적 수치심을 느낀다면 그건 음란마귀에 씐 본인의 음란함을 탓해야 하는 것이고, 그 모습이 혐오스럽다고 생각된다면 안 보면 그만인 것을 왜 그걸 굳이 찾아서 본 다음에 비난을 하는지 도무지 이해할 수가 없었다. 설령 길에서 50세가 넘은 어느 신사가 양복바지 바깥에 트렁크를 입고 있다 해도 그 특별한 패션 센스에 한번 피식 웃을 수는 있을지언정, 그걸 두고 비난할 이유는 없는 것 아닐까.

물론 이건 내가 패션에 있어서 '까막눈'이라서 그런 것일 수도 있다. 어릴 적부터 세상에서 가장 귀찮은 일이 옷 사는 일이었으니까. 어릴 때는 주로 엄마가 사다 주는 옷을 입었고, 학생 때는 주로 누나가 옷차림이 부실한 동생을 위해서 가끔 함께 나가 골라준 옷을 입었다. 누나가 결혼한 이후에는 집에 있는 옷을 아무거나 대충 입기 시작했다. 물론 필요에 의해서 가끔, 그것도 정말 큰마음 먹고 옷을 산 적이 없었던 것은 아니지만, 기본적으로 옷 사는 걸 귀찮아하는 성격은 어딜 가지 않아서, 오죽했으면 보다 못한 어머니가 장성한 아들의 옷을 시장 갈 때마다 한두 장씩 사다 주셨다. 어머니 말로는 옷이 낡아 빠져도 도무지 새로 살 생각을 안 해서 사 오실 수밖에 없으셨단다. 그리고 연애할 때는 여자친구가 이 대열에 합류했고, 결혼한 이후로는 아내로 바뀌었다.

한때는 내가 왜 이리도 패션에 무지한 것인가에 대해 심각히 고민했던 적이 있는데, 그때 내가 내린 간단하기 그지없는 결론은 결국 이 패션 센스라는 것도 타고난 기질 혹은 취향으로 귀결되는 문제라는 것이었다. 고등학생 시절의 어느 날, 친구네 집에 놀러 갔다가 꽤나 신선한 장면을 목격했다. 그 친구는 제법 키도 크고 이목구비가 시원한 데다 옷도 잘 입고 다녀서 꽤 매력 있는 외모를 가지고 있었다. 함께 외출하기 위해 그 친구가 외출 준비를 하는 걸 구경할 기회가 있었다. 큰 옷장을 열고 그 안에 가지런히 걸려 있는 옷들 사이에서 신중히 바지와 셔츠를, 그것도 한 벌이 아닌 두세 벌씩을 꺼내서, 침대에 나란히 상하의를 맞춰서 늘어놓은 다음, 이리저리 바꾸어 매칭시킨 후, 마음에 안 드는 건 다시 옷장에 넣고, 또 다른 옷을 꺼내서 '그날의 스타일'을 매우 신중하게, 그것도 콧노래를 흥얼거리며 30분 넘게 고르는 걸 보고 그만 질려버리고 말았다.

그저 말끔하고 무난한 옷이라면 일단 대충 잡히는 대로 서랍에서 꺼내 입는 나와는 달라도 너무 달랐다. 그 친구가 멋쟁이가 될 수 있었던 건, 패션이 그 친구에겐 하나의 즐길 거리였기에 가능한 것이었고, 그 옷을 입으면 멋있게 보일 자신의 외모에 대한 자기애가 뒷받침되어야 가능한 일임을 알 수 있었다. 나 역시 충만한 자기애가 있기는 하지만, 그것이 발현되는 방식은 그 친구와는 다른 형태였다. 손끝으로 정성 들여 만드는 프라모델이나, 고민 끝에 시작된 존재론에 관한 깊은 성찰이 주로 내가 나를 위해 몰두하는 것들이었으니까 말이다. 결국 이건 어느 쪽이 맞다 혹은 가치 있다, 라고 말할 수 없는 취향의 문제인 것이다. 음악을 좋아하는 사람이 그림이나 사진에 관심이 없다는 게 잘못은 아니지 않은가.

다만 나의 이 한 줌도 되질 않는 패션 센스의 문제는 이성을 유혹하는 데 있어서는 분명한 약점인 것이 틀림없다. 사람의 매력이라는 것이 단순히 겉모습에 있는 것은 아니지만, 첫 만남이나 겨우 가벼운 인사 정도 하는 사이에서 그 사람이 어떤 사람인지 판단할 가장 첫 번째 근거가 겉모습이라는 사실은 결코 무시할 수 없는 일이다. 일단 겉모습이 최소한의 기준치는 충족이 되어야 더 알아보고 싶은 마음이 생기든 말든 할 것이니까 말이다. 결혼 전 한창 연애를 위해 이성을 만나야 했던 시기에는 나름의 자구책을 강구하기도 했었는데, 결혼한 누나는 자주 보기가 힘드니 아는 여사친들에게 부탁해서 옷을 사는 데 도움을 받았었다. 큰마음 먹고 옷을 사러 나가면 여러 벌 사서 상하의를 매칭시킨 세트를 지정해놓았고, 상황에 따라 데이트 혹은 첫 만남 때 입고 나갔던 것이다. 이후 연애를 시작하게 되면 여자친구가 된 그녀와 가끔 데이트 코스로 의류 쇼핑을 하면 되니, 과연 애를 쓰기만 한다면 어쨌든 길은 있는 법이다.

그런 면에서 결혼하고 나서 가장 홀가분했던 것 중 하나는, 더 이상 '그럭저럭 옷을 좀 입을 줄 아는 척'하지 않아도 된다는 점이었다. 물론 '옷차림도 전략'이라는 캐치프레이즈를 내건 의류 브랜드가 있었을 만큼 일하는 데 있어서도 때로는 옷차림이 굉장히 중요한 요소가 될 수 있겠지만, 다행히도 옷차림이 크게 중요하지 않은 직업을 가지고 있으니 그저 적당히 깔끔하고 무난한 옷차림으로 지내는 것으로 충분하다. 다만 그놈의 깔끔한 옷차림이라는 것을 위해서도 어쨌거나 옷을 사기는 사야 하는데, 몇 벌 안 되는 옷으로 계속 돌려 입다 보니 결국은 옷이 낡아서 더 이상 입지 못할 상황이 되기 때문이다.

처음에는 아내의 도움 없이 인터넷으로 몇 번 옷을 사보았지만 이내 포기할 수밖에 없었다. 온라인 옷 쇼핑은 그야말로 '고수'의 영역이라는 것을 몇 번의 실패 끝에 알아버렸기 때문이다. 실제로 사보면 옷을 입은 모양이 사진과 전혀 다른 것은 말할 필요도 없고, 처음 사서 마음에 들어 몇 번 입다 보면 금세 모양이 망가지는 것도 부지기수였다. 이제 인터넷으로는 옷을 구매하지 않는다. 나와 같은 패션의 '초짜'가 덤빌 영역이 애초에 아니었다.

요즘은 아내와 함께 모 SPA 브랜드에 들러 한번에 여러 벌 구매해서 '쟁여놓고' 입거나 가끔 마트에 갔을 때 그곳의 입점 브랜드인 데이즈에서 한두 장씩 사고 있다. 나처럼 적당히 무난하게 오래 입기를 바라는 사람들에게는 일단 최소한의 퀄리티 보장이 되는 곳이다 보니 애용할 수밖에 없다. 필요할 때마다 양말이나 신발, 방한용 넥워머 등 종류별로 다양하게 쇼핑하고 있는데, 머리부터 발끝까지 하나의 매장, 하나의 브랜드에서 해결할 수 있다는 게 편해도 이렇게 편할 수가 없다. 더군다나 일부러 '옷을 사기 위한' 시간을 낼 필요가 없다는 것은 나와 같은 패션 귀차니스트에게는 엄청난 장점이다. (찌찌가 찌찌하다던 문제의 그 옷 역시 사실은 이렇게 산 옷이다.) 다만 워낙 무난함을 지향하는 브랜드이다 보니 입고 있으면 은근 아저씨 같은 느낌이 풍기기는 한다. 하지만 뭐 어떠랴, 이젠 진짜 아저씨가 되었으니 그렇게 입어도 전혀 이상할 것 없는 나이 아닌가.

하지만, 아내는 이런 나의 패션 센스가 못내 아쉬운 모양이다. 자신은 옷 잘 입는 남자가 좋다고 말하는 아내에게 나는 주어는 쏙 뺀 채,

"이번 생은 포기해ㅋㅋㅋ."

라며 대답한다. 40년 동안 생기지 않았던 패션 센스가 지금 와서 생겨날 리 만무하다. 그래도 이 정도인 게 어딘가. 반바지에 발목 위까지 넘어가는 긴 회색 양말, 갈색 샌들을 조합하는 만행을 저지르는 정도는 아니니까. 반바지에 발목 양말, 적당한 운동화를 매칭할 정도면 최소한의 기본은 되는 것이고, 그 정도면 함께 다니는 데 창피할 정도는 아니니, 나머지는 아쉬운 사람이 챙겨주면 된다. 사다 주면 군말 없이 잘 입고 다니니까.

또다른아저씨

내 친구
정훈이

*이번 글은 얼마 전 나와 내 친구들에게 있었던 일을 각색한 일화로, 이 글에서 언급하는 친구들의 이름은 전부 가명이다.

'나는 일이 많아 참석 못 할 것 같다. 몸이 아파. 더 이상 묻지는 말고.'

고등학교 친구들과의 연례 모임이 얼마 안 남은 때, 정훈이의 갑작스러운 불참 선언은 꽤나 당혹스러웠다. '올해도 슬슬 모일 때가 되었으니 모임 날짜를 한번 잡아보자'고 먼저 운을 뗀 녀석이 갑작스럽게 불참 선언이라니. 정훈이는 이 모임을 결성한 구심점이었고, 이렇게 모임에 불참할 녀석이 아니었기 때문이다.

사실 그렇게 거창한 모임은 아니다. 지금도 연락하며 제법 끈끈하게 지내는 고등학교 동기 4명이 1년에 한번 모여 식사와 반주를 하는 조촐한 연말 모임이다. 대학교의 동기나 선배, 직장을 다니던 동안 알고 지냈던 많은 이들이 전부 연락이 끊어진 마당에, 유독 그들과는 25년 가까이 만나오고 있는 걸 보면 선연인지 혹은 악연(ㅋ)인지는 모르겠다.

물론 우리도 한때는 겨우겨우 연락만 닿은 채 지냈던 시절이 있었다. 같은 동네, 같은 학교를 다니던 때와는 달리 각자 자신의 진로를 찾으면서 모두 멀어져갔다. 저 멀리 지방으로, 더 멀리 해외 주재원으로 나가 있기도 했으니 함께 모여 술 한잔 하는 것이 쉽지 않았다. 겨우겨우 안간힘을 써서 서로의 결혼식 때나 만나면 다행이었다. 역시나 만나는 빈도는 물리적 거리에 반비례한다는 법칙에 충실하게 살았다고밖에.

그러던 것이 8년 전 연말에 '우리도 정식으로 망년회나 한번 하자. 서로 멀어서 술 마시면 집에 들어가기 힘드니까 아예 숙소를 잡고 맘 편히 한잔하자!'며 모였다. 유부남 친구들은 그 주말 하루를 쓰기 위해 마나님들의 눈치를 꽤나 봐야 했다. 힘들게 모인 만큼 그 시간이 그렇게 즐거울 수가 없었다. 술 마시고 노래방에 가서 부르는 노래는 여전히 솔리드와 패닉이다. 겉은 시커먼 아재들인데 속은 여전히 고등학교 시절의 그때 그놈들 같았고, 그렇게 그날 하루만큼은 90년대 그때로 돌아간 듯한 기분이 들었다. 우리는 그날의 여세를 몰아서 1년에 한 번 정기적으로 모이기로 했고, 연말 모임을 위해서 매달 소액의 회비를 걷기 시작했다.

'그래? 몸이 아프다고? 그럼 안산에서 볼까? 우리가 내려가지 뭐.'

이 녀석. 환절기에 감기라도 걸린 것일까. 안 아픈 사람들이 움직이면 되지, 뭐. 그런데 정훈이의 대답이 이상하다.

'애들아, 미안하다. 정신 차리고 다시 연락할게.'

'무슨 일인데? 털어놔 봐, 인마. 뭔지 알아야 위로라도 해주든지 할 거 아냐.'

나는 '정신 차리고'라는 말이 계속 신경 쓰였다. 뒤집어보면 지금은 제정신이 아니라는 얘기인데, 무언가 심상치 않은 일이 일어났다는 직감이 들었다. 하지만 나의 걱정스러운 채근에도 불구하고 정훈이는 다시 연락한다는 말을 끝으로 더 이상 말이 없었다. 결국 우리는 올해의 모임을 무기한 연기하고 정훈이의 연락을 기다릴 수밖에 없었다.

"오빠. 올해는 친구들하고 언제 모여?"

며칠 뒤 아내가 모임 일정에 대해 물어봤다. 그녀는 그저 한 줌밖에 남지 않은 남편의 인맥을 잘 알기에, 그래서 1년에 한 번 있는 그 모임이 남편의 유일한 친목 도모 행사임을 잘 알기에, 이번 모임은 어디서 어떻게 하는지 궁금해했다.

"그게… 지금 무기한 연기된 상태야. 정훈이가 아픈가 봐. 사실은… 그 녀석 어디가 아픈지 도무지 말을 안 해서 걱정이야."

"아프다고? 무슨 큰 병은 아니지?"

"글쎄, 나도 아무런 정보가 없어. 전화해도 받지도 않아. 이거 한번 봐봐. 단톡방에 말하는 것 보면 느낌이 안 좋아."

그녀에게 건네준 단톡방에서는 정훈이 녀석이 뜬금없이 갈대가 있는 언덕을 찍은 풍경 사진 두 장이 올라와 있었다.

'너희들과 갔던 산굼부리를 25년 만에 다시 왔네.'

'산굼부리면…… 제주도?'

산굼부리라. 거기라면 25년 전, 재수하던 주형이는 어쩔 수 없이 불참하고 정훈이, 영석이, 그리고 나 이렇게 셋이서 거지 차림으로 제주도 배낭여행을 하며 들렀던 그곳 아닌가. 정신을 차려야 할 만큼 아프다더니 혹시 몸보다도 마음이 더 헛헛해서 바람이라도 쐬러 간 것일까.

'응. 혼자 내려왔더니 외로워서 사진 보냈어.'

'혼자? 가족하고 같이 간 거 아니었어?'

'응. 언제까지 있을지도 잘 모르겠어.'

'무슨 말이야? 사무실은 어쩌고?'

'다음 주 내내 있을 것 같아서 닫아놨어.'

바이어와의 시차 때문에 주말에도 사무실 여는 녀석이 예고도 없이 사무실을 닫고 다음 주 내내, 그것도 혼자서 제주도라니. 거기까지 생각이 미치자 이건 보통 일이 아니다 싶었다.

'정훈아, 내가 지금 전화 걸 테니까 이번엔 차단하지 말고 받아.'

영석이가 다시 한번 통화를 시도할 모양이었다.

'통화는 싫다. 미안하다. 근데 너도 새겨들어라. 인간사 추측이나 예측이 힘든 거니 항상 즐겁고 소중히 살아라.'

'신 내렸냐? 왜 도를 닦는겨?'

'……'

'야, 이 시키야! 우리가 그래도 니 친구잖냐. 이럴 때 의지할 수 있는 사람들 아니었냐? 내가 그때 세상이 다 돌아서도 나만은 편들어주마 했잖냐. 근데도 계속 혼자서 그러고 있을 거냐?'

나의 윽박인지 읍소인지 구분되지 않는 저 말에도 불구하고 정훈이는 더 이상 대답이 없었다.

아내에게 털어놓고 나니 시름이 더 깊어져 마음속 깊은 말을 해버리고 말았다.

"이 녀석 이렇게까지 할 정도면, 생각하긴 싫지만, 혹시 암 같은 큰 병이 생긴 게 아닐까. 넷 중에 정훈이만 아직 흡연자인 데다 술이 세지도 않으면서 학생 때부터 참 전투적으로 마시곤 했거든. 마시고 토하고 또 마시고. 여전히 사업 때문에 술자리를 자주 갖는 모양이던데. 근데 이 녀석 얼굴색이 좀 어둡지 않아? 게다가 눈 밑에 다크서클도 시커멓잖아. 혹시 간에 문제 생긴 거 아닐까?"

'내일 제주도 갈 사람?'

아내와 함께 한참 정훈이를 걱정하고 있을 때 주형이가 카톡으로 긴급 제안을 해왔다. 아무래도 주형이도 역시 이 사태가 심상치 않음을 느낀 모양이다. 그래. 친구가 암일지도 모르는데, 혼자 제주도에서 방황하고 있는데, 당장 내려가는 게 맞는 거였다. 뭐가 됐든, 그게 암이든, 암보다 더한 그 어떤 두려운 것이든 간에 분명 힘들어하는 녀석을 저렇게 두고 있을 순 없다. 내려가자.

하지만 그날은 토요일 밤. 몇 시간 동안 표를 뒤져보았지만 결국 구하지 못해서 제주도를 가려는 계획은 무산되고야 말았다. 그렇게 주말은 지나갔고 정훈이는 여전히 말이 없었다. 답답한 마음에 혹시나 직원들은 뭔가 알까 싶어서 정훈이 사무실에 전화를 해봤지만 다 함께 휴무인 건지 아무도 받지 않았다. 혹여 제수씨와 연락이 닿으면 무언가 알 수 있었을 테지만, 제수씨의 전화번호나 하다못해 SNS 계정을 아는 사람이 아무도 없었다. 그 와중에 당사자는 말이 없으니 우리들은 그야말로 피가 말랐다.

속을 알 수 없는 이 녀석 때문에 나는 괜히 정훈이와의 과거를 곱씹어보게 됐다. 정훈이는 다른 두 친구들보다 먼저 알게 됐다. 1988년, 그해 나는 지방에서 서울에 있는 초등학교로 전학을 왔다. 모든 게 낯설었던 그때, 정훈이는 반에서 꽤 눈에 띄는 아이였다. 공부를 엄청 잘하는 우등생이거나 반 아이들을 호령하는 대

239

장이어서가 아니었다. 어린애가 마치 어른들처럼 호탕한 너털웃음을 지어서였다. 그래서 시골에서 온 전학생은 서울 아이 정훈이에게 묘한 친밀감을 느끼면서 바로 친구가 됐냐…… 하면 그건 또 아니다. 다음 해 학년이 올라가면서부터는 반이 갈려서 고등학교 3학년이 될 때까지 친하게 지내진 않았다.

정훈이와 친해진 것은 수능을 앞둔 고3이 되어 같은 반이 된 이후부터였다. 서로 같은 아파트 단지에 살고 있는 걸 안 뒤로, 우리는 집 앞의 독서실을 함께 다니기도 했고, 폭우가 쏟아지는 여름날 밤에 단지 안의 농구장에서 농구를 하는 미친 짓을 함께하기도 했다. 그리고 아파트 11동 옆에 벤치가 있는 야트막한 언덕에서 종종 어른 흉내를 내며 같이 담배를 피우기도 했다. 정훈이는 지금도 그때의 일로 나를 타박한다. '그때 네가 나에게 담배를 가르쳤다'며 그 벤치에서 담배 피우는 장면을 회상하며 추억에 잠긴 채로 말이다. 물론 정훈이가 그럴 때마다 나는 전자담배로 갈아타는 방법을 권하거나, 혹은 금연 치료를 받기를 권했다. 완전 금연에 성공한 나의 사례를 들면서 말이다.

지방에서 자기 사업을 성공적으로 일군 정훈이는 그 나이대의 가장답게 살아나갔다. 두 아이의 아빠가 됐고 아이들을 위해 집을 넓혀 이사를 갔다. 술 담배는 여전히 끊지 못했다. 한번은 내가 정훈이의 말술과 흡연에 약간의 강수를 두고 언급한 적이 있다.

"우리가 이렇게 1년에 한 번씩 본다고 하면, 앞으로 우리가 만

나는 건 많아도 약 40번 정도가 되겠다."

전날 폭음을 하고 해장국으로 속을 달랜 후 '식후땡(담배)'을 하는 정훈이에게 이렇게 말했던 것이다. 40번. 40번이라는 말에 당사자인 정훈이뿐만 아니라 옆에 함께 있던 친구들 모두 내 말에 꽤나 신선한 충격을 받은 표정이었다. 40년은 굉장히 긴 시간이지만, 40번은 정말 몇 번 되지 않는 횟수니까 말이다.

"우리 중에 누가 먼저 갈지는 모르겠다만, 40번은 얼마 되지도 않는데 이왕이면 그거 다 채우고 가야 하지 않겠어?"

그때 내 말은 술 담배가 과하니 건강을 위해 줄이라는 취지였다. 하지만 어쩌면 이젠 그 절반조차 채우지 못할지도 모른다는 불안감이 엄습해왔다.

돌아온 화요일. 다시 단톡방에서 정훈이를 불러보았다. 며칠 동안 마음이 안정됐다면 다시 대답할지도 모르니까.

'정훈이 아직 제주도에 있냐?'

녀석은 대답 대신 시리도록 새파란 하늘이 보이는 제주도의 다른 풍경 사진을 올리며 또 도 닦는 소리를 했다.

'신이 내게 시간을 주셨으면 잘 즐겨야지.'

'맞는 말이다. 정훈아. 정말 어려운 일이지만, 내가 어쩔 수 없는 일은 잊고 할 수 있는 일에 집중해야지. 그래, 저녁은 먹었고?'

영석이가 한마디 거들었다. 저녁을 먹었냐는 안부 인사에 정훈이는 그날 차려먹은 저녁밥 사진을 한 장 올렸다. 밥은 먹고 다니는지 묻는 것. 그건 집 나간 아들을 걱정한 어머니의 안부 인사처럼, 어쩌면 가장 한국적인 방법으로 마음의 한 부분을 건드리는 안부 인사였을지도 모르겠다. 말문을 닫고 있던 정훈이가 고마움을 표현했다.

'다들 걱정해줘서 고맙다.'

'차 닿는 곳으로 갈 것이지. 남해나 거제나 다도해 해상 뭐 그런 데. 차 닿는 곳이었으면 일요일에 봤을 텐데.'

주형이는 일요일에 그 녀석을 위로하러 내려가지 못한 것이 못내 아쉬웠던 모양이었다.

'우리가 쳐들어갈까 봐 멀리 갔겠지 뭐. 어쩌면 아직은 털어놓을 용기가 없으니 그랬을 거고.'

'혼자 다닌 지 6일째인데, 이젠 좀 외롭네. 그래도 집에 있는 것보다는 낫다.'

'외로우면 목소리를 들려줄 것이지. 전화도 안 받고 말야.'

'전화는 싫어.'

'어? 야! 이번 주말에는 표 있다. 토요일에 갔다가 일요일에 오는 거.'

우리가 대화를 나누는 와중에도 주형이는 표를 찾아본 모양이었다. 일단 표가 있다고 하니 이제는 마음만 먹으면 얼마든지 내려가서 이 녀석을 찾아낼 수 있게 되었다.

'토요일 몇 시 비행기야?'

'점심 무렵. 올라올 때는 아침. 시간대별로 많아. 정훈아, 언제까지 있을 거냐?'

주형이는 그 말과 함께 아예 시간대별로 예약 가능한 스케줄을 캡처해서 단톡방에 올렸다. 정훈이가 깜짝 놀랐다.

'진짜 오려고?'

'거기 계속 있을 거면 가야지.'

당황한 정훈이를 보니 우리 친구들은 갑자기 신났다.

'그럼 가짜로 가냐?'

'야. 혹시 대○○공 말고 아○○나는 스케줄 없을까? 나 마일리지 모으는데.'

'난 언제 뭘 타든 좋아. 오후이기만 하다면.'

저마다 한마디씩. 그 와중에 깨알같이 마일리지까지 챙겨가며 예약하느라 부산을 떨고 있으니, 정훈이는 설마 이놈들이 진짜 예약을 하겠나 싶었던지, 갑자기 배짱을 부렸다.

'예약해. 예약해. 내가 장담하는데 어차피 너희들은 못 온다. 비행기가 뭐 고속버스인 줄 아냐. 한글로 이름 치면 예약되게. 바보 녀석들ㅋㅋㅋㅋㅋ. 쓸데없는 짓 하지 마라.'

그 말이 끝남과 동시에 추진력 좋은 우리의 총무 주형이는 탑승자 성명이 기재된 예약 확인 페이지를 캡처해서 단톡방에 올렸다. 토요일 오전 11시 30분에 출발하는 항공편이었다. 그 정도라면 오전에 공항까지 도착하는 데도 제법 여유가 있는 시간이었다. 우리가 진짜로 비행기 표를 구입할 거라고는 생각지도 못한 정훈이는 정말 놀랐다.

'정신 나간 녀석들!'

'놀러 가는 거 아니야. 너 걱정돼서 가는 거지. 영석아, 미납 회비 보내라. 이번 비행기 표는 회비로 충당할 수 있을 것 같다.'

역시 주형이. 본분을 잊지 않는 충실한 총무답다. 이 와중에도 비용 정산을 잊지 않는 거 보면.

'야, 야! 이야기할게. 일단 취소부터 해라. 지금 취소하면 환불 수수료 아직 없을 거야, 아마.'

아! 드디어! 정훈이가 입을 열 모양이었다. 내가 얼른 대답했다.

'일단 이야기부터 해봐라. 듣고 판단할게.'

'아니야, 말하지 마. 가서 듣게.'

일단 듣고 나서 판단하겠다는 나와는 달리 주형이는 한술 더 떴다. 주형이는 수더분하게 생긴 것과 달리 이른바 똘기가 보통이 아니다. 하긴, 그 똘기로 비행기 예약까지 해버려 입을 꼭 다물고 변죽만 울리던 정훈이를 항복시키고 모든 걸 고백하게 만든 거겠지. 역시나, 똘기를 제압하는 건 그보다 더한 똘기였다.

'음. 일단 취소부터 해라. 바로 이야기 시작할게.'

'얘기하지 마~~~~~!'

결국 정훈이는 가슴에 담아둔 긴 이야기를 시작했다.

'석 달쯤 전인가. 기침이 시작되었다. 원인도 알 수 없는.'

친구들은 모두 긴장했다.

'의사가 흉부 엑스레이를 들여다보더니 말을 못하는 거야. 괜찮으니 그냥 편하게 말씀하시라고 했더니 아무래도 대학병원에 가보셔야 할 것 같다고 하더라고. 혹시 안 좋은 거냐고 물었더니 그렇게 보인다고 그러데. 그래서 부랴부랴 ○○대 병원을 예약해서 검진을 받았어. 그 병원에서도 엑스레이를 보더니 '너무 안 좋네요.'라고 하는 거라. 혹시 암이냐고 물었더니 아마도 50% 이상의 확률로 그럴 가능성이 높대. 그날 조직검사 날짜 잡고 CT 촬영까지 마치고 집에 돌아왔지.'

걱정스러운 이야기가 계속됐다.

'일단 조직검사 날짜를 잡아놓고 나왔는데, 그날부터 지옥이 시작된 거야. 일하러 사무실에 나갔는데, 눈물만 나고, 평생 운 것보다 더 운 것 같아. 잠도 못 자서 새벽 내내 걸어 다녔지. 암세포가 림프절 타고 번지면 손 쓸 도리 없이 죽는 거잖아. 다행히 CT 결과를 먼저 들을 수 있었는데, 암은 맞는 것 같은데 전이는 안 됐다고 그러더라.'

'아. 다행이다.'

'진짜 다행이다. ㅜㅜ'

그저 숨죽이고 듣고 있을 수밖에 없던 우리는 그제야 작게라도 안도할 수 있었다. 그래. 그 정도라면 일단 최악은 면했구나. 치료만 잘 받으면 희망을 가질 수 있겠구나 싶은 생각뿐이었다.

'마누라가 그러더라. 죽지만 않으면 된다고. 폐 한쪽을 도려내 든, 항암치료를 해서 머리가 다 빠지든, 어쨌든 살면 된다고. 그래, 살면 되지. 근데 방사선 치료나 항암 치료를 받게 될 텐데 어쩌면 사업도 더 이상 못하게 될지도 모르겠다는 생각이 들더라. 아무 래도 그렇게 축난 몸으로는 영업을 제대로 할 수 없을 테니까. 그 것도 미치겠더라. 울다 울다 보니 눈물이 말라서 나오지도 않더라 고. 근데 울 마누라 말이야, 정말 대단하더라. 나는 쓰러져서 아 무것도 못하는데, 살아만 있으면 된다면서 애들 다 돌보고 일상 생활 다 하더라고.'

나도 눈가가 촉촉해질 수밖에 없었다. 겉은 시커먼 아저씨지만 여리기로 말하면 우리 중에 가장 감성 풍부하고 마음 약한 놈이 얼마나 마음고생이 심했을까. 그러니 친구들에게 말도 못하고 혼 자 끙끙대고 있었겠지.

'결국 수술 날짜가 되어서 조직검사를 했는데, 검사를 다 마치 고 나서 수술을 집도했던 교수님이 와서 하는 말이, 암이 안 나왔 다고. 결핵이 의심된다고 그러더라. 폐결핵의 경우에도 엑스레이 나 CT에 혹처럼 보이는데, 그게 암이랑 모양이 똑같단다. 그래서 전에 가래 검사도 같이 받았었는데 아무것도 안 나와서 아닌 줄 로만 알았었는데, 원래 검사에도 안 나오는 경우도 꽤 있고, 그래 서 그날부터 이런저런 검사를 더 받아서 결국에는 결핵으로 최종

진단받고······.'

'······‼'

'······??‼'

'잠깐만, 일단 표 취소 좀 하고. 잠깐만.'

정말 다행이었다. 결핵도 물론 큰 병이긴 한데, 열심히 약을 먹으면 완치가 되는 병이니 암보다는 훨씬 낫지 않은가.

'사무실 직원들이랑 우리 가족은 다 검사 받으러 다니고, 나는 전염력이 사라지는 2주 동안 셀프 격리하러 제주도에 내려와 있는 거야. 마침 처가에서 잠깐 비어 있는 집이 있다고 하셔서······.'

'야! 이 #@$%$@야!'

'이거 생각해보니 은근 열받네······.'

'에휴, 그럼 그렇지. 난 어쩌면 이런 결말이 날지도 모른다고 생각했었어.'

생각해보니 이 녀석 너무 괘씸했다. 친구들은 피 말리면서 걱정하고 있는데, 슬쩍 흘려주든지. 이쪽에서 안절부절못하는 것 보면서 속으로 즐기고 있었을 거라 생각하니 다행이긴 정말 다행인데, 좀 열받는 면이 있었다. 옆에서 함께 걱정을 나누어주었던 아내도 마찬가지였던 모양이다. 카톡 대화 내용을 함께 보다가 한 마디 거들었다.

"뭐야. 큰일 난 줄 알았더니 결국 이거였어? 근데, 이 오빠는 왜 이렇게 자꾸 울어? 우는 남자 정훈이네, 완전ㅋㅋ."

247

하긴. 이 녀석, 그래도 평생 흘릴 눈물을 이번에 다 흘렸다고 하니, 얼마나 마음고생이 심했을까 싶다. 정훈이는 이제 친구들에게 감동의 눈물을 날린다.

'근데 진짜 표 끊은 거야? 너희들 대단하다. 나도 너희들이 어딜 가든 쫓아갈게. 사랑한다! 친구들아!'

'꺼져, 시키야! 이번 주말에 그럼 모일까? 울다가 눈물도 말라버린 정훈이는 격리 요양 중이라서 어차피 못 올 테니 빼고ㅋㅋ'

'그러자, 없을 때 엄청 비싼 거 먹고 회비 탕진하자. 이왕 비행기 표 값도 굳었고.'

'그럼 올해는 셋이서 보는 걸로……'

하지만 정훈이가 없어서 정말로 셋이서 봐야 했다면 어땠을까. 앞으로 우리가 볼 날이 40번밖에 남지 않았다고 했지만 갑자기 그 숫자가 0이 돼버리는 순간이 우리에게 찾아온다면.

이번 정훈이의 사건은 이렇게 해프닝으로 끝났지만 우리는 모두 알고 있었다. 이제 우리는 더 이상 병마로부터 멀리 떨어진 '안전권 연령'이 아니라는 것을. 연령별 암 발생률 통계를 보면 서서히 발병률이 높아지는 시기가 시작되었다. 폭음을 하고 다음 날 부대끼는 속을 부여잡고 일어나면서, 야근하고 천근만근 무거운 몸으로 지하철에 몸을 실으면서, 건강검진 결과를 듣는 게 조금씩 두려워지면서, 점점 '예전 같지 않네'라고 생각하면서 막연히 느끼던 그 두려움을 이번 기회에 뼈저리게 경험한 것이다.

내가 참 좋아하는 '명언'이 있다. 무슨 철학자, 무슨 위인이 한 말이 아니다. 코미디언 박명수 씨가 방송 중에 한 말이다. "오는 건 순서가 있어도 가는 건 순서 없어." 농담처럼 툭 던진 이 말은 곱씹을수록 참 명언이다. 우리는 늘 그렇게 자신의 때가 언제인지 모른 채, 언제까지고 그렇게 별 탈 없이 내일을 살 거라는 마음으로 오늘을 살아가고 있다. 비록 작은 가능성이지만 당장 내일이라도 사고로 죽을 수 있다는 그 가능성에 눈감은 채 말이다. 이런 일이 모두에게 일어나지 않았으면 좋겠지만, 사실 이 일은 언제 어디서든 누구에게나 일어날 수 있는 일이다. 누군가는 벌써 경험했고 누군가는 경험할 수도 있는. 그리하여 인간의 삶은 참 아이러니하다. 죽음을 향해 내달리는 삶일지라도 이 땅에 발 딛고 있는 한 살아가야 한다. 그것도 나이가 들수록 자꾸만 삐그덕대는

이 비루한 몸뚱아리로 말이다.

살날이 아직 한창 남은 나이에 갑자기 내일모레 죽을 수 있다는 시한부 판정을 받는다면? 정훈이가 그렇게 눈물이 마를 때까지 울었던 이유는 아직 젊기 때문이리라. 갑작스러운 죽음에 대한 공포, 가족을 남기고 가야 한다는 미안함도 있겠지만 그 눈물의 8할은 이 창창하게 남은 삶을 놔두고 가야 한다는 후회와 자기연민 아니었을까.

요새 젊은 친구들 사이에서는 워라밸, 일과 삶의 조화가 가장 중요한 가치라고 한다. 지나친 경쟁으로 지친 몸과 마음을 잠시 멈추고 자신의 삶을 돌아보는 일. 나는 많은 아재들이 이렇게 잠깐 멈춰서 자기를 돌아봤으면 좋겠다. 내 친구 정훈이는 몸을 막 쓴 대가로 그것을 호되게 배웠다. 그 녀석은 그래도 운이 좋아 다른 삶을 살 수 있는 기회를 얻었다. 나 때문에 담배를 배웠다고 투덜거리면서 죽어라 담배를 피워대던 녀석도 이번 일로 단번에 담배를 끊어버린 것이다.

아재니까 아프다. 나이 들고 여기저기 몸도 아프고, 지나간 젊음의 순간도, 내 잃어버린 청춘도 억울하고 아프다. 앞으로 다가올 미래도 걱정스럽고 아플 것 같다. 하지만 지나간 과거는 다시 오지 않고, 걱정한다고 해서 미래가 해결되지 않는다. 우리는 그저 현재를 충실히 살아갈 수밖에 없다. 아우구스티누스의 말처럼 시간은 어쩌면 지나간 것들의 현재, 지금 있는 것들의 현재, 앞으로 올 것들의 현재일지도 모른다. 그러니 우리는 지금 열심히 아프고 수습하고 웃고 또 아프고 그렇게 살아가야 한다. 아재여. 아재아재바라아재여, 피안의 세계는 멀리 있지 않다. 지금의 순간이 소중하다고 느끼는 것, 그것이 깨달음 아닐까.

하지만 정훈이의 장난은 너무 짓궂었다. 나는 카톡에 저장된 정훈이의 이름을 '울다가 눈물도 말라버린 정훈이'로 바꾸어버렸다. 친구들의 애를 끓였으니, 한동안은 좀 놀려줘야겠다.

에필로그
A저씨,
그 후

아저씨는 어디에나 있다. 함께 사는 가족일 수 있고 매일 보는 직장 상사일 수 있다. 매일 아침 출근길에 보는 경비 아저씨일 수 있고 퇴근길 지하철에 술 냄새 풍기며 앉아 있는 옆자리 아저씨일 수 있다. 몇 년 만에 만났는데 왠지 나보다 더 늙어 보이는 친구일 수 있고, 목욕하고 나와 거울로 마주한 한 존재, 바로 그 아저씨가 나일 수도 있다.

당신의 아저씨는 어떤 사람인가. 늙은 사람, 꼰대, 아재 개그를 날리는 사람, 잔소리하는 사람, 피곤해 보이는 사람 등등. 많은 아저씨들이 이 세상에 다양한 의미로 정의되어 살고 있다. 나도 그중 한 아저씨일 것이다. 그 아저씨가 쓴 '아저씨 에세이'가 이 세상에 또 어떻게 정의되어질까. 스스로를 'A저씨'로 새롭게 의미 지어 보고 여기저기가 아픈 '썰'을 재미있게 풀어보면서 잠시나마

이 책을 읽으며 즐겁게 쉬어가길 바랐다. 세상에는 달리는 말에 채찍질 가하듯 사람들의 등을 떠미는 책도 있지만, 이 책은 고삐를 풀고 여유롭게 머물다 갈 수 있는 마구간 같은 책이 되길 바랐다. 그렇게 재미있고 여유로운 기분으로 책을 덮었을 때 당신의 아저씨를 한번 생각해봤으면 좋겠다. 점점 나이 들고 몸 여기저기가 아프기 시작하지만 그걸 수습하면서 현재를 충실히 살아가려는 아저씨의 고군분투기는 결국 우리네 삶의 한 단편이지 않을까. 그런 모습에 함께 웃고 공감했다면 이 책이 세상에 나온 이유는 충분하다 생각한다.

'그래서 병원 열심히 다니고 자전거 열심히 타더니 그 뒤로 어찌 되었는데?'라고 궁금해하실 독자들이 계실까 봐, 약간의 근황 보고를 해보자.

발기부전 문제는 극적으로 개선되었다. 이제는 파란 알약을 먹지 않아도 더 이상 꼬무룩해지지 않는다. 자전거를 꾸준히 탄 효과를 톡톡히 본 셈이다. 체감상 전성기 때의 약 80% 수준으로 되돌아온 느낌이다. 최고의 정력제는 운동이라더니, 규칙적인 운동이 이만큼이나 효과가 좋을 줄은 몰랐다.

코로나 때문에 근래 집에만 있는 날이 많았던 탓에 다시 살이 확 찌고 말았다. 한때 C컵 언저리에서 B컵을 바라보던 나의 복부 비만은 언제 그랬냐는 듯 다시 D컵으로 돌아와버렸다. 하지만 아직 뱃살을 포기한 것은 아니다. 이 고비가 지나가면 다시 예전처럼 열심히 자전거를 탈 계획이다.

야간뇨 문제는 생활 습관을 바꾸면서 상당히 개선되었다. 무좀은 완치에 성공했지만, 허리 디스크는 그다지 큰 진전은 보지 못했다. 딱 적당히 그 수준에서 조심하고 관리하며 지내고 있다.

집에 새로 장만했던 옷걸이, 아니 실내 자전거는 다시 중고로 처분해버렸다. '따릉이를 다시 타게 만든' 자신의 역할을 다하고 영광스럽게 퇴장했다. 5만 원 주고 샀던 중고 자전거인데 3만 원에 올렸더니 한 시간도 채 되지 않아 팔려나갔다.

내 친구 정훈이는 꼬박꼬박 약 잘 챙겨 먹고, 완치되어 일상으로 돌아갔다. 그 마음이 얼마나 오래갈지는 모르겠지만, 아직은 하루하루 선물 받은 기분으로 살고 있는 모양이다.

처음 출판 계약서에 서명을 할 때는, 정말이지 얼떨떨한 기분이었다. 그 기분은 책이 완성되어 서점에서 팔리고 있는 것을 내 두 눈으로 볼 때까지도 여전할 것 같다. 사실 얼마 전만 해도 내가 한 권의 책을 쓰게 될 줄은 상상조차 하지 못했다. 하지만 우연한 기회에 글이 그저 '쏟아져' 나왔고, 운 좋게 나의 이 부족한 글을 좋게 보아주신 분들이 계셔서 이렇게 책이 되어 세상에 나오게 되었다.

졸고를 갈고 다듬어 멋진 책으로 만들어내기 위해 힘써주신

편집부와 출판사 관계자분들, 그리고 도발적인 내용의 그림을 잔잔한 그림체로 재미있게 그려주신 미스터 머스타드 작가님께 깊은 감사를 드린다.

기회가 된다면 다음번에는 또 다른 흥미로운 주제로 독자 여러분들을 만날 수 있기를 희망한다. 진심으로.

찬바람 부는 겨울의 문턱에서,

A저씨